對類卷之五

鳥獸門

鶯燕第一

平

鶯 色黄亦名倉庚黄鸝栗留　鸝 黄鶯　麒 仁獸雄曰麒　實字 麟 雌曰麟　犀 似牛猪頭

獅 獸中之王　猊 獅子　熊 似豕野獸　羆 似熊黄白　麋 鹿屬　騮 赤馬黑鬣　騅 蒼黑色馬

驢 耳長似馬　騘 青白色馬　駒 馬生二歲　貔 貔貅　狼 豺屬　猱 猿屬　猴 胡孫

狙 猿也　騾 驢耳馬身　狐 媚獸　猩 猩人面能言血可染紅　豚 小猪　豭 牡猪

猪 叢居曰猪　羊 柔毛乳曰羔牡曰羝曰羖　鴉 楚烏　鴻 大鴈　烏 反哺鳥日中有烏三足

牛 大牲一曰大武無角曰犝純色曰犧小曰犢牡曰牯牝曰牸　鳩 鵓鳩能喚晴雨　鷴 白鷴

猿 猴屬面白身黑間有黄色　鸞 鳳屬有五彩青色曰鸞　凰 鳳凰神鳥　鵰 鶚屬青黑　鵷 有鳥鳳

鳧 水鳥　禽 飛鳥總名　鶼 比翼鳥　鴞 惡聲鳥　梟 不孝鳥　鷹 猛禽　鶡 似鷄青色

鳶 鳶鳥　鷗 水鳥　鱸 魚出松江　鶩 鶩鶩　鸕 鸕鷀　雞 家禽能求曉俗呼司晨

雛 鳥初生　鵝 鴐鵞俗呼家鴈　龍 鱗虫之長　鸚 鸚鵡　麀 音幽牝鹿　麞 鹿類

貍 狝貍　貂 似鼠　彪 小虎　猫 捕鼠獸　魚 水虫　鯨 大魚　鯤 北溟之魚

獒 大犬　鵬 大禽一飛九萬里　蛟 龍屬無角　鰲 海中大鰲　龜 甲虫之長可卜吉凶

鼉 大鼉　鵑 杜鵑亦名杜宇子規　蛙 蝦蟆又名螻蝈水虫　蛛 蜘蛛網虫　鰍 鰍魚

蜂 飛虫採花為蜜蠆有毒　蛾 撲燈蛾　蟬 升木而鳴　蜩 大蟬夏鳴　蛩 寒虫　蛇 毒虫

蚊 飛虫齧人　蛩 蟬蛻曰蛩　蠅 飛虫　蝗 食禾虫　螢 夜出有光　鮀 鮀魚　蝸 蝸牛

仄

翬 五采雉　牲 牛羊豕　螟 螟蛉桑虫蜾蠃負以為子又禾虫食葉　鶡 三足雞　虬 龍子

鱣 黄鱣　蠶 食葉吐絲　螺 螺螄　蟲 有足曰虫揔称毛羽鱗介

燕 乙鳥春來秋去　鳳 鳳凰神鳥飛禽之長　鵠 鴻屬　鴈 知時秋來春去

鷺 鷺鷥　雉 野雉有文　鷩 赤雉　翟 雉也　雀 依人小鳥　鶚 鵰屬　鵲 報喜

鳥獸門

禽虫卷之五

鳳凰門

鴿似鳩 鴨水鳥 鶻鷹類 鶴仙禽 鸛鸛鳥 鶡甲飛小雉 鷂隼也

鹿山獸角仲秋解 兔口缺尻有三孔 鶩野鳧 鶠鳳也音偃 翠翡翠

馬六尺以上為馬 麝鹿屬麝香 虎猛獸 豹似虎而小 貉似狐 犢牛子

獺食魚 獬似羊一角 豸虫无足 狗犬也 犬防家之畜 象大獸鼻長牙可為器

兕音似 驥日行千里 駿良馬 羖肥羖羊也 豕 彘並猪 鯉魚能化龍

鱖巨口細鱗 蚌產珠小者 鱉水族 鼠夜虫 蝶蝴蝶 蟢網虫 蚓蚯蚓

蟻穴蟻 鱔鱔魚 蚋蚊也音芮 蠏螃蠏名蝤蛑 鮪音洧 蝟刺虫

○毛羽第二 實字

平 毛獸毛 毫毛尖 鱗魚甲 鬚口上毛 蹄獸足 鬐魚鬣 皮獸皮

翰羽 翮羽 鬃馬鬣 牙象犬之牙 聲鳴也 音聲也 形 胎

冠雞冠 涎口液 膏无角者膏 脂戴角者脂 翎鳥細毛 髯龍須 頭

仄 羽鳥翅毛 翅鳥羽 翮羽莖 翼翅翼 跡獸蹤 鬣馬鬃 距雞爪

對類卷五 二

尾鳥獸尾 介鳥獸甲 角頭角 觜鳥口 喙口也 咮鳳觜 股鷺鷥股

蛻殼也 介甲也 甲皮甲 殼蟬蛻 掌熊蹯掌 革皮去毛 色

骨 影 乳 足 卵

○嬌嫩第三 虛字 死

平 嬌聲嬌 雛嫩也 新初来 奇奇怪 肥肥壯 微細小 狂猛也

癡癡迷 哀悲哀 慵懶也 忙急也 閑清閑 輕輕薄 幽清幽

孤孤獨

仄 嫩小也 乳小也 老老大 健壯健 疾急速 逸超逸 異奇異

猛狂猛 狡狡猾 鷙鷙猛 狎褻狎 怨哀怨 怒氣怒 懶倦也

喜喜樂

○飛躍第四 虛字 活

平 飛舉躍而飛 翔飛翔 鳴鳴叫 啼鳴也 吟聲小而長 嘶馬嘶 號虎大呼

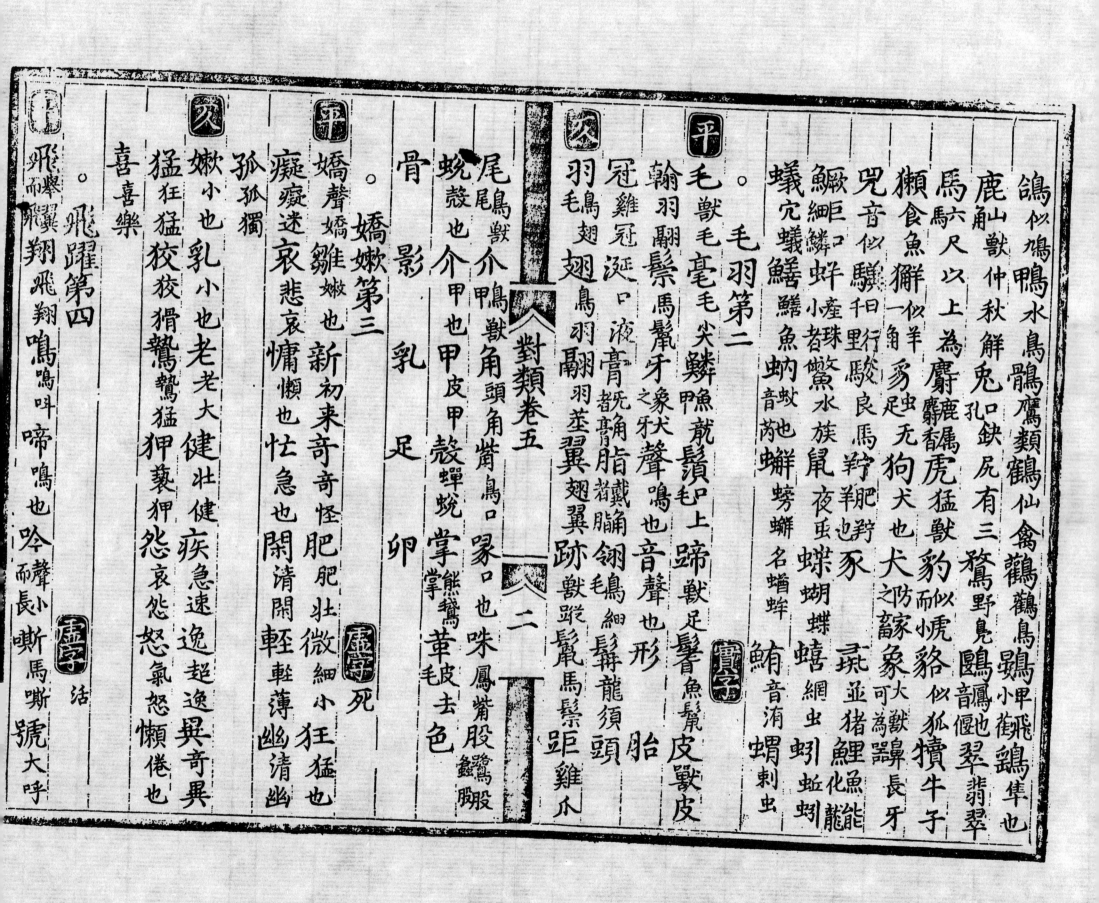

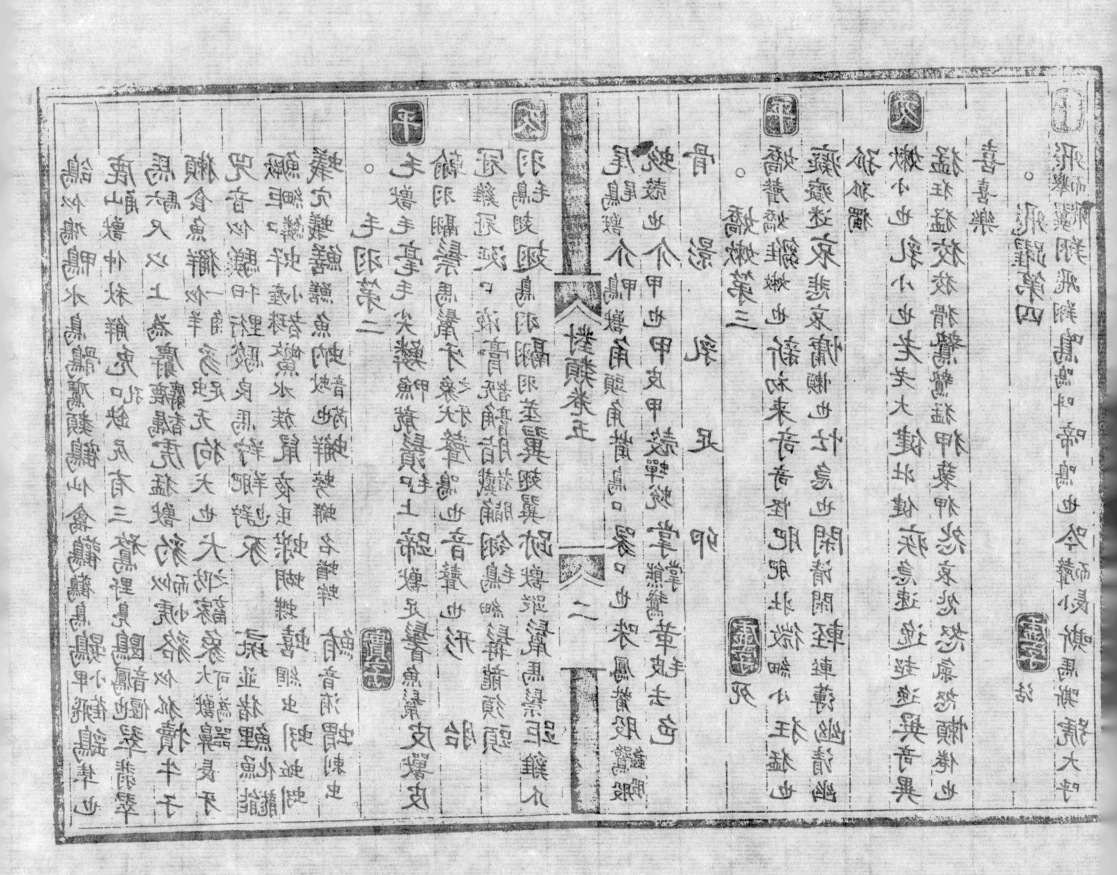

翹舉足 潛藏也 藏隱也 棲宿泊 馳馬走 驅驅走 遊浮魚遊
奔走也 行移步 騰高舉 蟠龍蛇盤身 眠睡也 沖飛舉 搏飛搏
翻飛也 爭相爭 驤跳驤 跳躍也 浮泛也 喧聲雜 呼喚也
遷自下移上

【仄】躍跳也 鬪相搏 走疾馳 蟄潛伏 唳鶴唳鴈 戀戀物 噪乱鳴
唱雞唱 吽大聲 吼獅聲 嘯虎聲 啄鳥食 哺飼食 轉囀聲流
語語聲 宿鳥栖 睡眠也 舞飛舞 過飛過 浴鳧浴 起飛起
聚相聚 化變化 鬧喧鬧 咽蟬聲 驟馬走 跳跳躍 戲遊戲
泛浮也 吠犬聲 隱隱藏 趂相從 競鬪競 踐踐也 慕向也
逐馳逐 立駐足

【二字】○ 牛羊鳥獸第五

【平】牛羊 鸞凰 鴛凰 鴛鸞 鱗鴻 鴛鴻 【實】烏鳶 鯤鵬

鷹鸇 禽魚 鳶魚 鳶飛戾天魚躍于淵 龜魚 龍魚 豚魚
虫魚 蛟龍 龜龍 蛇龍 魚龍 蛇虫 龍猪 一選乃一龍一猪
龜鱗 熊羆 貔貅 豺狼 驚駘 狐狸 猿猱 雞豚
犧牲 牲牷 鯨鯢 黿鼉 昆虫 虫蛆 螟蝗 蟊蝨
龜蛇 猿猴 蜩蟬 貂蟬 魚蝦 鴐鵝 鼪鼯 雌雄
蛟螭 有角曰蛟螭

【上仄】馬牛 犬羊 燕鶯 燕鴻 孔鸞 孔雀鸞鳳 烏鸞 隋野鳥為鸞
兔蛇 虺蛇 鶴梟 鸛雞 鳳鸞 鳳麟 獺魚 虎羆
虎狼 虎貔

【仄】鳥獸 鳥雀 燕雀 鳥鼠 鼠雀 鷗鷺 虎豹 虎兕
麋豕 舜與鹿豕遊 犬馬 鹿馬 秦趙高指鹿為馬 狗彘 雉兔 鷸蚌
鰋鯉 牝牡 蠛蠓 蚤蝨 犬豕 狗兔 狗鼠 虎鼠

鶴鶇 鶇雀 鷙鴞

【去】禽獸 鸞鳳 鴛鳳 龍鳳 麟鳳（麟鳳在郊藪） 龜鳳 鴻鴈

羔鴈 鳧鴈 魚鴈（魚鴈傳書） 鳧鶴 猿鶴 龜鶴 雞鶴

鸞鵠 雞鶩 鵬鷃 鴻鵠 鴛鷺 鵷鷺 鷗鷺 鵝鸛

鵝鶩 鵰鶚 鷹隼 鴉鷺 烏鵲 猿鳥 魚鳥 雞鳳

狐鼠 狐貉 狐兎 烏兎（日中烏月中兎） 魚兎 羊豕 豚犬

鷹犬 雞犬 雞狗 牛馬 騏驥 駑驥 龍虎 熊虎

貔虎 豺虎 蛇虎 狼虎 蛇虺 蛇蝎 蛇蚓 犀象

犧象 麋鹿 豺獺 鷹鷂 龜鱉 魚鱉 魴鯉 鱣鮪

鵝鴨 虫蟻 鶯燕 鶯蝶 蜂蟻 螟螣 蝦蟹 鰌鱔

鵝鸛 羔豕 猫鼠 蛇鼠 蛇蠖 蛇豕 彪虎 駒犢

蟊賊（食禾虫）

○麒麟翡翠第六

【平】麒麟（見前注） 騶虞（仁獸） 鴛鴦 鸝鶊 倉鶊 醯雞

鵾雞 莎雞 鳲鳩 鵻鳩 鶌鳩 鳧鷖 鷦鷯 鸕鷀

舂鋤 提壺 鵜鶘 鉤輈 蟾蜍 蜻蜓 蝦蟇 蒲盧

蚷蜋 螳蜋 蜉蝣（朝生夕死） 蜘蛛 蝸牛 驊騮 蝤蛑

駑駘（下之）䮂 蠨蛸 伊威（鼠婦） 催歸 於菟（音烏塗楚人以虎為於菟）

螟蛉 蝤蠐

【去】鳳凰 鷓鴣 鶉鳩 子規 杜鵑 鷽鳩 鷺鷥 栗留

鶺鴒 伯勞 竹雞 驌驦 駱駝 蟪蛄（寒蟬也） 畢逋

的盧 蛚蜻

【入】翡翠 孔雀 杜宇 布谷 百舌 反舌 啄木 戴勝

屬玉（白鷺） 喚起 鸑鷟 騄駬 蝃蝀（虹） 蛺蝶 蟋蟀

促織 蚱蜢 絡緯 蟖蜴 郭索 螺蠃 獬豸
【[illegible]】鸚鵡 鴝鵒 鶗鴂 桑扈 螻蟈 蚯蚓 科斗 蛙子
螃蠏 螻蟻 蝴蝶 鸂鶒

。鯤魚鳳鳥第七

【平】鯤魚 鰲魚 魴魚 鮎魚 鱸魚 鯿魚 鰌魚 犀牛
【[illegible]】
騂牛 蝸牛 驪駒 貍貓 蝗虫 蚊虫
【上仄】鱖魚 鯉魚 蜜蜂 馬蝗 蠹魚 鱔魚
【仄】鳳鳥 翠鳥 孔鳥 鵬鳥 驥馬 駿馬 雀虎 蠛蠓
鳦鳥
【上平】鷗鳥 鸞鳥 烏鳥 龍馬 駒馬 騮馬 駑馬 騾馬
蝹虎 鼯鼠 鵬鳥

。流鶯語燕第八

上虛 活 下實

【[illegible]】流鶯 飛鶯 遷鶯 啼鶯 鳴鶯 新鶯 飛鳧 遊鳧
鷺鳧 飛鳶 飛鳩 征鴻 歸鴻 冥鴻 哀鴻 鳴鳩
飛鳩 飛鴉 啼鴉 棲鴉 歸鴉 鳴鴉 飛禽 歸禽
棲禽 鳴禽 幽禽 飛鷗 鳴鷗 眠鷗 盟鷗 浮鷗
輕鷗 閑鷗 飛烏 啼烏 棲烏 鳴鸞 棲鸞 飛鸞
翔鸞 停鸞 鳴雞 啼鵑 棲鶯 搏烏 啼猿 窮猿
孤猿 號猿 新蟬 鳴蟬 殘蟬 驚蟬 鳴蜩 流螢
飛螢 踈螢 微螢 飛蛾 遊蜂 遊魚 潛魚 驚魚
飛龍 潛龍 蟠龍 潛蛟 潛蚪 鳴騶 鳴蛙 鳴蛩
吟蛩 悲蛩 鳴螿 啼螿 飛蝗 肥鱸 飛鵬 摶鵬
潛虬
【仄】早鶯 亂鶯 乳鴉 宿鴉 亂鴉 去鴉 落鴻 順鴻

鳥部 鸞 鳩 鴉 [illegible] 鳶 [illegible] 鴻 [illegible]

潛 [illegible]

令 [illegible] 鳴 [illegible] 帝 [illegible] 飛 [illegible]

飛 [illegible] 潛 [illegible] 潛 [illegible] 鳴 [illegible] 鳥 [illegible]

飛 [illegible] 飛 [illegible] 遊 [illegible] 魚 [illegible] 魚 [illegible]

[illegible] 鳴 [illegible] 鳥 [illegible]

[illegible] 鳥 [illegible] 帝 [illegible] 鳥 [illegible] 棲 [illegible]

[illegible] 鳥 [illegible] 帝 [illegible] 鳥 [illegible] 鳥 [illegible]

棲 [illegible] 鳥 [illegible] 飛 [illegible] 鳥 [illegible] 鳥 [illegible]

飛 鳥 飛 鳥 [illegible] 鳥 棲 鳥 [illegible] 鳥 [illegible] 鳥 [illegible]

[illegible] 鳥 飛 [illegible] 鳥 [illegible] 鳥 [illegible] 鳥 [illegible] 飛 鳥 [illegible]

。禽獸部 八

虎 [illegible] 鳥

[illegible] 鳥 [illegible] 鳥 [illegible] 馬 [illegible] 馬 [illegible] 馬 [illegible] 馬

鳥 鳥 [illegible] 鳥 [illegible] 鳥 [illegible] 馬 [illegible] 馬 [illegible]

鳳 鳥 [illegible] 魚 [illegible] 魚 [illegible] 魚 [illegible] 蟲

[illegible] 魚 [illegible] 魚 [illegible] 魚 [illegible] 魚 [illegible] 蟲

[illegible] 牛 [illegible] 牛 [illegible] 魚 [illegible] 魚 [illegible] 魚 [illegible] 牛

[illegible] 魚 [illegible] 魚 [illegible] 魚 [illegible] 魚 [illegible] 魚 [illegible] 魚 [illegible] 牛

。[illegible] 魚 鳳 鳥 [illegible] 十

[illegible]

[illegible] 鳥 [illegible] 鳥 [illegible]

[illegible]

斷鴻遠鴻睡鴦浴鴛戲鴛浴鳧大鵬戲鷗
狎鷗泛鷗舞鷗舞鸞戲魚大魚小魚巨魚
濕螢小螢細螢亂螢碎螢聚螢亂蛙鬧蛙
早蟬亂蟬亂蜂蹇驢鬬雞
〔仄〕語燕去燕舞燕過雁去雁宿雁落雁斷雁
別鵠去鳥過鳥宿鳥鷙鳥宿鷺浴鷺立鷺
舞蝶戲蝶亂蝶舞鶴睡鶴噪鵲墮鵲噪雀
駿馬躍馬去馬走馬猛虎伏虎猛獸走獸
走兔隱豹亂雀躍鯉
〔平〕新雁鳴雁來雁歸雁飛雁驚雁鳴鵲飛鵲
驚鵲飛隼啼鴂鳴鸛鳴鶪飛燕新燕歸燕
來燕棲燕飛鳥歸鳥幽鳥啼鳥棲鳥鳴鳥

鳴鳳翔鳳棲鳳飛鳳巢鳳飛雉鳴雉飛雀
鳴雀飛鶴鳴鶴遊鯉飛鶩飛鷺歸鷺（[illegible]）
新蝶飛蝶遊蝶芳蝶肥馬歸馬馳馬嘶馬
良驥奇驥奇獸飛兔眠犢哀狖（猿也）

○鶯啼燕語第九

〔上實〕〔下虛〕活

〔平〕鶯啼鶯吟鶯鳴鶯遷鶯穿鶯捎鶯歌鶯飛
鶯來鶯棲鴻飛鴻歸鴻遵鴻鳴鷗眠鷗鳴
鷗盟鷗浮鷗翻鴉藏鴉歸鴉飛鴉鳴鴉棲
鴉啼鴉翻鳩鳴鳩飛鳧飛烏啼烏飛烏鷲
雞鳴雞啼雞棲鵬摶鵬翔鵬飛鸞飛鸞鳴
鸞翔鸞棲鳶飛鳶鳴龍蟠龍眠龍驤龍飛
龍潛龍翔牛眠龜行龜遊魚沉魚潛魚遊

魚跳（杜翻白魚跳藻）　魚翻　鯨翻　鸞鏘　蟬鳴　蟬號　蟬栖
蛩鳴　蛩吟　虫鳴　蜩鳴　蛙鳴　魚依　鴛飛　蜂飛
蜂喧　蛙喧　螢飛　螢流　蚕眠　蚕成　禽鳴　禽飛
禽翻　禽栖　猿啼　猿號　猿驚　鷹揚　鷹飛　鵰飛
〔上仄〕鳳吟　鳳鳴　鳳翔　鳳飛　鳳栖　雁飛　雁來　雁鳴
雁歸　雁翔　燕歸　燕來　燕飛　燕栖　燕翻　燕穿
鷺飛　鷺歸　鷺翹　鷺窺　鶴歸　鶴飛　烏鳴　烏啼
烏歸　烏飛　烏栖　烏喧　烏窺　鵲鳴　鵲驚　鵲喧
鵲呼　雀飛　雀喧　雀穿　雉飛　雉鳴　馬馳　馬行
馬嘶　馬駈　馬鳴　蝶飛　蝶翻　蝶栖　蝶遊　蝶穿
鹿鳴　鹿呦　鹿遊　犬鳴　鸛鳴　鵠飛　蟻行　蟻移
〔仄〕燕語　燕舞　燕入　燕去　燕掠　燕蹴　燕集　雁唳

雁落　雁過　雁宿　雁去　雁度　雁叫　鷺立　鷺聚
鷺宿　鷺起　鷺下　鷺集　鵲噪　鵲繞　鵲報　雀豖
雀躍　雀噪　雀賀　鳥語　鳥下　鳥度　鳥過　鳥宿
鳥噪　鳥啄　鳥喚　鳥散　鳳舞　鳳舉　鳳下　鳳去
鳳集　鳳至　鳳宿　鶴唳　鶴立　鶴舞　鶴舉　鶴翥
鶴去　鶴睡　馬走　馬驟　馬躍　馬過　馬去　馬繫
兔走　虎卧　虎踞　虎過　虎去　虎下　虎變　蝶化
虎吼　豹變　豹隱　獸舞　獸攫　獸逐　鹿逐　鶻擊
蝶舞　蝶戀　蝶過　蝶宿　蝶戲　蝶遶　犬吠（月明無犬吠花）
狗吠　蟻聚　蟻旋　蟻慕　鵠舉　鵠立
〔上平〕鶯語　鶯轉　鶯喚　鶯過　鶯舞　鷗下　鷗宿　鷗戲
鷗浴　鷗泛　鷗狎　鷗度　鷗聚　鷗去　鷗沒　鴛戲

鴛浴　鴛睡　鳧戲　鳧浴　烏集　烏逵　烏噪　鴉噪
鴉宿　魚躍　魚戲　魚聚　鵬運　鵬化　鵬奮　鸞宿
鸞舞　猿叫　猿吼　猿嘯　猿宿　鳩喚　雞唱　雞叫
雞報　雞鬭　蛙鬭　螢聚　螢過　螢入　螢照　螢度
龍奮　龍躍　龍化　龍蟄　鴻過　蟬噪　蟬咽　蜂戀
蜂聚　蛩響　螽躍　蚕蛻　蚕食　蛇蛻　蚕熟　麟出

○嬌鶯乳燕第十

〔平〕嬌鶯　雛鶯　狂蜂　頑蜂　愁猿　哀猿　輕鴻　閑鴻
（上虛 活 下實）
長鯨　長蛟　良駒
〔去〕老鶯　怒鴉　怒蛙　乳鳩　小鮮　巨鼇
〔仄〕乳燕　小燕　喜蝶　老馬　逸駿　狡兎　乳虎　老蚌
老鶴

〔上〕嬌燕　雛燕　嬌鳳　輕燕　乾鵲　癡蝶　狂蝶　輕蝶
良馬

○鶯慵蝶困第十一

〔平〕鶯慵　鶯嬌　鶯愁　鶯羞　蜂忙　蜂狂　蜂愁　鷗閑
（上實 下虛 活）
鷗眠　猿哀　猿愁　鱸肥　魚肥　蛩悲　蚕眠
〔去〕鷺閑　鷺驚　燕忙　燕驚　蝶愁　蝶忙　蝶癡　蝶閑
鳥窮　獸窮　鶴驚　鴈驚　燕嬌
〔仄〕蝶困　蝶喜　蝶怨　蝶恨　蝶懶　蝶鬧　蝶倦　燕懶
鶴老　鶴怨　鵲喜　馬倦　馬乏　獸困
〔上〕鶯老　鶯懶　鶯怨　鶯恨　蚕老　蜂喜　魚樂

○驚鴻喜鵲第十二

（上虛 活 下實）
〔平〕驚鴻　驚鷗　慈鴉　悲猿

[illegible]十二

[illegible]

[illegible]

[illegible]

[illegible]

[illegible]十一

[illegible]

[illegible]

[illegible]

[illegible]十

[illegible]

[illegible]

[illegible]

[illegible]

【去】詐狙 喜虫

【仄】喜鵲 汗馬 逸馬 快馬 病馬 瘦馬 死馬 逸驥
困獸 瘦鶴 警鶴 病鶴 惡獸 惡鳥

【平】驚鳥 哀鴈 愁燕

○祥麟瑞鳳第十三

【平】祥麟 靈龜 靈鼉 靈雛 靈烏 文鴛 文禽 珎禽
仙羊 仙禽 祥鸞 神龍 神龜 嘉牲 名駒

【去】毒蛇 德禽 瑞龍 毒龍

【仄】瑞鳳 瑞獸 瑞鶴 瑞象 匹鳥 介鳥 善馬 異獸

【平】威鳳 靈鶴 仙驥 仙鶴 文豹 名馬 名驥 靈鵲
靈雀 神爵 神虎 仁獸 陽鳥 妖鳥

上平虛 下實

○龍吟虎嘯第十四

上實 下虛 活

【平】龍吟 鳩居 龜從 龜藏 狼貪 狐疑 狐趁 蜂屯
蟬聯 蠅營

【去】鳳占 鳳衰 燕安 燕居 燕閑 燕怡 駿奔 狗偷
蝟興 鼠貪 狗烹

【仄】虎嘯 虎噬 虎視 獸鬬 鹿失 燕逸 燕暇 燕賀
燕寢 燕處 燕樂 鴈集 鴆毒 鳳紀 蝶夢 螫毒
蠖屈 蠖濩 鶚薦 鳥擇 鷺振 狗盜 狗媚 鳳翥
鳳出 蚋聚 鼠竄 鼠伏 蝟起 蝟奮

【平】龍變 龍見 狼顧 狼跋 駒食 猶豫 狙詐 鷹擊
鴻漸 鵾化 鯨吸 魚貫 龜縮 龜卜 鱗集 烏合
蠭起 鳧續 狼籍

○衘魚擊鳥第十五

上虛 活 下實

【平】銜魚 尋魚 窺魚 毆魚獺 窺鱗 銜虫 銜鱣鸛 求凰
窺牛虎
【平仄】化龍魚 化鵬鵰 祭魚獺 捕魚獺 捕蟬螳螂 續貂狗 趂魚 捕虫
慕羶 逐麋犬 戴鵀牛 制鯨蚁
【仄】擊鳥 逐鳥 攫兔 搏兔並鷹 打兔 獲兔犬 撲蝶 逐雀
攫獸虎 祭獸豺 避雀 候雀鷹 避犬 附驥蠅 化蛤
【仄平】擒兔鷹 毆爵 銜蝶 捎蝶杜花妥鶯捎蝶

【天文】。風鵬月鵰第十六

【平】風鵬 風鶩 風鳶 風蟬 風螢 風鷗 風禽 風鵰 【並實】
霜梟 霜鷹 霜禽 霜鵰 霜猿 雲鴻 雲龍 煙梟
煙猿
【平仄】日烏 月烏 月猿 月蟾 月螢 雨鳩 雨鷗 露蟬

露蛍 露螢 雪鷗 雪禽 雪鵝
【仄】月鵲 月兔 雨燕 霧豹 雪鴈 露鶴
【仄平】雲鶴 雲鳳 雲鴈 風鴈 風燕 風蝶 風隼 風虎
風馬 風鶴 風鵲 風鴿 風鳥 雲鴿 霜鶴 霜隼
霜鶻 霜兔 霜鷺 霜鴈 煙蝶

。霜翎雨翅第十七

【平】霜翎 風翎 煙翎 風毛 霜毫 霜毛 霜蹄杜霜蹄千里駿 【並實】
冰鱗 霜鱗
【平仄】月毫 雪毛 雪翎 露翎 雪毫
【仄】雨翅 雪翅 雪羽 雪頂 露翼
【仄平】風翮風翮鵬九霄 煙翅 風翅 霜鬣 霜翮 霜翅 雲翼 【並實】

。螢星鷺雪第十八

懷麐卷五

十

【平】螢星　蚊雷　鵬雲
【去】鷺霜
【入】鷺雪
【平】鷗雪　螢火

【上虛】活【下實】○摶風噪露第十九

【平】摶風鵬　衝風燕　橫風　追風　嘶風　翔風並馬　隨風螢　迎風
吟風蟬　知風　呼風鵲　排風鴈　翻風蝶　吹風　含風　摩空
摩雲　摩天鵠　飡風蟬　橫空　書空　穿雲　鳴雲　違霜
排雲　翔雲　淩雲　侵雲並鴈　冲霄　冲天　飛雲　侵霄
噓雲　拏雲　眠雲　興雲並龍　啼煙子規　喧雷蚊　生風
流空　流星螢　啼霜猿
【去】唳天鶴　戾天鳶　竊空　入空鴈　順風　逐風　嘯風並虎　受風

趂風燕　遇風鴻　避風鳥　宿霜猿　上氷魚　嘯雲猿　弄雲　致雲
叫雲　吠雲犬　遡風　舞風蝶　踐霜馬　帶陽鵶
【入】噪露　飲露　吸露　咽露並蟬　警露鶴　隱霧　集霧
避雨　喚雨鳩　帶雨　立雨鵲　怕雨猿　叫月　唳月鴻　喘月
弄月　嘯月猿　望月犀牛　吠日　噪日蟬　吠雪　踏雪
避雪鴈　泣露虫　逐電　抹電馬　吠月犬
【平】銜雨燕　知雨蚁　呼雨　催雨鳩　鳴露　吟露虫　啼露鳥　呑月
藏霧豹　號雪猿　追電馬　啼月子規　銜雪　行雨龍　朝斗

【時令】○春鶯夏燕第二十【並實】

【平】春鶯　朝鶯　春禽　春鳧　晴鳧　春蠶　春牛　春蜂
晴蜂　春鷗　春鳩　春蛙　晴鷗　晴鳩　晴鶯　晨雞
朝雞　晨烏　晨鴉　昏鴉　秋鴻　秋鵬　春鴻　秋鱸

秋螢 秋虫 秋蛇 秋蛩 秋蟬 秋猿 秋鷹 寒蟬
寒蛩 寒蛹 寒鷗 寒鴉 寒鵰 寒猿 寒魚 （寒魚依窟藻）
〔仄〕曉鶯 曉禽 曉鴉 曉猿 曉蛙 曉鷗 曉雞 晚蚕
晚蟬 夏蟬 曉蟬 午雞 晚鴉 暮鴉 夏螢 暮螢
夕螢 夜螢 夜蛙 暮蛙 暮蟬 暮鴻 暮禽 夜蛩
冷蛩 夜烏 夜猿 候虫
〔仄〕夏燕 曉燕 曉鵲 夜鵲 曉鴈 夜鴈 候鴈 晚鴈
曉鷺 晚鷺 暖蝶 曉蝶 晚蝶 （沙風晚蝶低） 曉雀 晚雀
暮雀 暮鳥 夜鶴 晚鶩 臈蠛 社燕
〔平〕春燕 秋燕 （秋燕已如容） 晴燕 晴鴈 春鴈 秋鴈 寒鴈
朝鵲 寒鵲 晴鵲 秋鵲 寒雀 晴雀 寒鷺 朝鷺
春蝶 秋蝶 晴蝶 秋鶚 秋鵠 秋隼 秋鶩 秋鶻
秋兔 春蚓 春鯉 秋鱖 秋馬 （秋高馬肥） 春鳥 晴鳥
秋鳥 寒鳥

。鳴春報曉二十一

〔平〕鳴春 吟春 啼春 爭春 思春 催春 迎春 傷春
喧春 喧晴 （並鳥） 呼晴（鵲） 吟秋（蟋蟀） 啼秋 悲秋
吟寒（虫） 鳴秋 賓秋（鴈） 驚秋（燕） 驚寒（鴈） 橫秋（鶚） 搏秋（鵰） 知時
司晨（雞） 鳴朝（鳳）
〔仄〕囀春（鶯） 報春（百舌） 喚春 送春（鳥） 報晴 噪晴（鵲） 喚晴 喜晴
泣寒 唱晴 唳秋（鴈） 守晴 怯寒（魚）
〔仄〕唱曉 戒曉 報曉 戒旦 警旦 報午 唱午 （並雞）
噪晚（蟬） 照晚 應候 照夜（螢） 叫夜（猿） 吠夜（犬）
〔仄〕耀晚（螢） 啼曉 催曉 呼旦 啼晝 啼午 鳴午 （並雞）

上虛 活 下實

號夜 啼夜猿 鳴夏 吟夏蟬 鳴夜虫 先社燕 號冷 號凍

上實 下虛 活

○春啼曉唱二十二

平 春啼 春吟 春鳴 春来 春繁鳥 春日繁魚 春歸鴈 春飛

秋吟蟋蟀 秋鳴 秋歸 秋翔 秋来 秋飛 秋肥

宵征螢 晨呼 晨飛 晨鳴 晴暄 晴呼 朝飛 冬潛

寒潛魚 昏歸鴉 春肥魚

仄 曉吟 曉啼鳥 曉鶯 午啼 晚栖 夜號猿 暮喧 暮歸

晚歸鴉 夜吟虫 夜鳴 夜啼鵑 晴飛 夜飛 晚飛 夜光

社来燕 夏鳴蟬

仄 曉唱雞 曉噪鵲 曉語燕 曉散 曉轉鶯 暮宿 夕宿 夕下

夜照 夕照螢 晚宿 晚噪 夏噪蟬 夕聚 夜吼 夜吠

夜宿 夜怨 夜動 夏轉 晝伏

平 春轉鶯 春語 春叫 春至 春去 春動 秋響 秋嘯

秋去 冬蟄 晴浴鳧 晴噪鵲

地理 ○林鶯塞鴈二十三 並實

平 林鶯 山鶯 園鶯 沙鷗 江鷗 汀鷗 溪鷗 波鷗

川鳧 溪鳧 江鳧 沙鳧 林鴉 山鴉 山禽 山猿

園禽 林鳩 山雞 邊鴻 江鴻 溪魚 河魚 池魚

江魚 淵魚 江鱸 池蛙 胡鷹 林猿 山蜂 林蟬

淵龍 川鯨 溪鱗

仄 海鷗 渚鷗 浦鷗 野鷗 海鵬 塞鴻 渚鴻 澤鴻

谷鶯 野禽 水禽 渚禽 井蛙 沼蛙 水鳧 渚鳧

野鳧 野猿 嶺猿 沼魚 壑魚 轍魚 渚鷺 野雞

野蚕 海鯨 土龍 土牛 石牛 石羊 石鱗 石獅

【[illegible]】塞鴈 澤鴈 海鴈 海燕 水鳥 野鳥 澗鳥 野鶩

野鶴 野鶻 野鷺 渚鷺 野馬 塞馬 海鳥 野騎

徑蝶 野蝶 野鹿 垤蟻 垤鸛 野雉 穴蟻 社鼠

【上平】江燕 巢燕 沙鴈 邊鴈 汀鴈 湖鴈 山鵲 林鵲

籬鵲 山鳥 林鳥 溪鳥 籬雀 汀鷺 灘鷺 洲鷺

沙鷺 林雀 山雉 籬鷄 園蝶 畦蝶 胡馬 邊馬

邊騎

○天龍地虎二十四 【並實】

【平】天龍 天牛 天雞 江猪 田雞 山犀 山羊 天鵝

燈蛾

【上去】地龍 火龍 野貓 野狐 野猪 水雞 地牛

【去】地虎 海馬 水馬 石燕 石蠏 海獺

【上平】天馬 風馬

○啣泥出谷二十五 【上虛】活【下實】

【平】衘泥燕 蟠泥魚龍 潛波 衝波魚 隨波鷗 眠沙鼍 潛淵

穿墉鼠 歸山 投林 巢林 穿林 栖林 歸林並鳥

填河鵲

【上去】吸川鯨 浴川鼍 躍淵魚龍 弄波 鼓波魚 戲波鷗 拂池

掠泥燕 戴山鰲 立灘 起沙 聚沙 落沙鴈 唼沙鴛 過林

出林 宿林虎 過池螢 飲泉鹿 浴波鴨 負隅虎 轉林鶯 過墻

躍波魚 在郊鳳 篆沙鳥

【去】出谷鶯 點水蜻蜓 戲水鴛 弄水 出水 躍水 擊水魚 掠水

拂水 泛渚並燕 在渚 逐浪 戲浦 躍沼並鷗 躍浪 透浪

照水 點水並螢 飲窟馬 運海 戲浪 逐浪 破浪魚 泛水

立渚（鷺）

【十平】橫塞 飛塞（鴈） 翻浪 隨浪 衝浪 奔浪 跳浪（魚） 游水

浮水 浮浪（鷗） 藏渚（風鷥 近渚 藏） 翔野（鳳） 鳴垤（鸛） 橫海（鯨） 吹浪

遵渚（鴻）

【花木】〇花鶯柳燕二十六

【十平】花鶯（村花 梢蝶 妥鶯） 花蜂 芹蜂 桑蠶 蓴鱸 蒲鱸 蓮龜

花驄（馬） 莎雞 枝鳥 桃虫 蓍龜 桑鳩

【十仄】柳鶯 柳蟬 草虫 草螢 草蛙 草蛩 竹雞 木牛

木魚 枳鸞 棘鸞

【仄】柳燕 竹鶴 竹馬 竹鳳 木鴈 艾虎

【十平】花鳥 叢雀 蘆鴈 松鶴 花蝶 蕉鹿 株兔 芻狗

枝鵲 梧鳳

〇啣蘆擲柳二十七

【十平】啣蘆（鴈） 尋花 穿桃 棲花（蝶） 啣花（鹿） 啣芹（燕） 棲梧（鳳） 依蒲

穿萍（魚） 棲枝 穿花（蜂蝶） 吟楓（猿） 棲桐（鳳） 爭枝 穿叢

棲松（鶴） 吟枝 吹萍 穿萍（魚）

【十仄】戀花 護花 戀叢（蝶） 踏花 採花 探花 帶花 啄花

宿花 集梢（鵲） 集條（燕） 啄苔 啄桃（鶯） 食萍 食蒿 食苗

傍蓮 戲蓮 動荷（魚戲 荷動 新） 咽槐 蹴花（燕） 在桑（鳩） 宿梧

纏枝（鵲） 遶枝 聚枝 轉枝 踏枝（鳥） 吸萍（魚）

【仄】擲柳 入柳 度柳 過柳 囀柳 織柳 唱柳 高柳（新蟬 高柳咽）

噪柳 囑木 集樹（鳥） 食竹（鳳） 化草（螢） 抱葉 噪木 擇木

在竹（鳳） 食葉（蠶） 食粒 食粟 啄黍 啄粟（雞） 啄木（鳥） 繞竹

繞樹 度草 宿草（螢） 飽穀 食葚（鳩） 在藻 戲荇（魚）

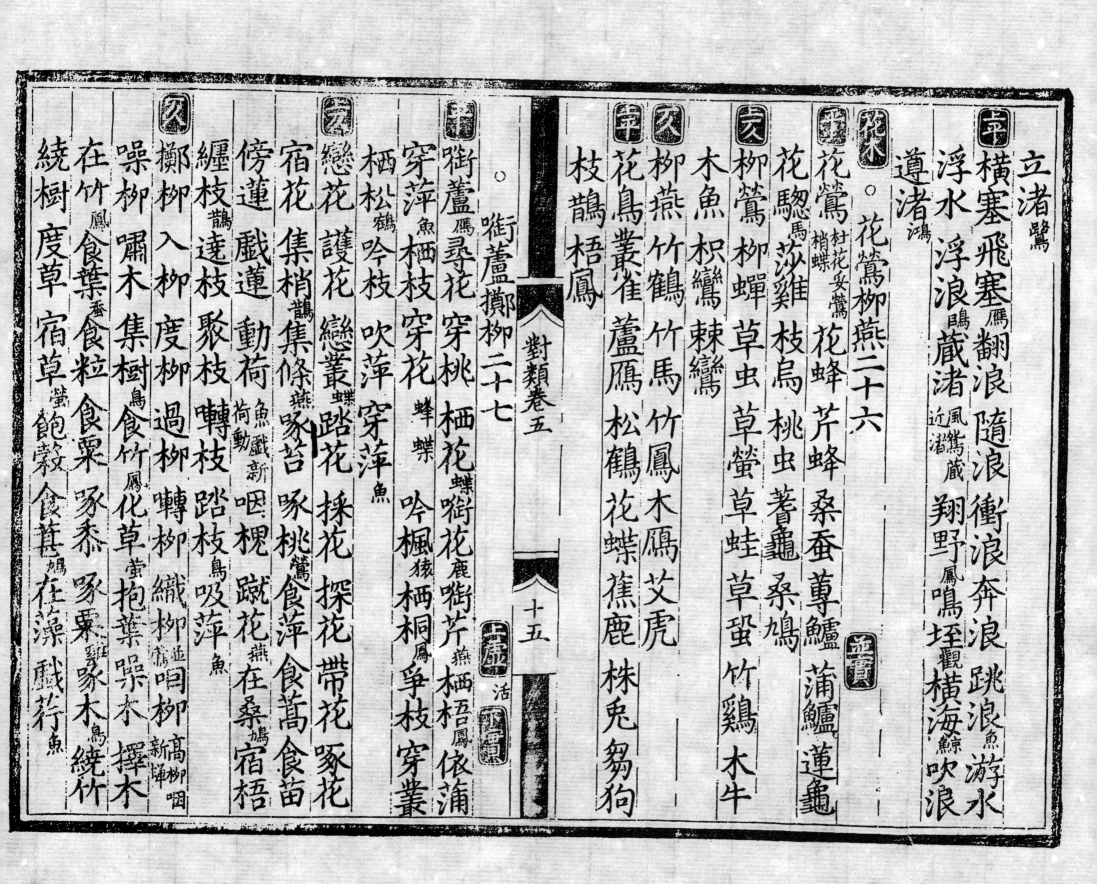

【平】穿柳　啼柳　藏柳　遷柳　鳴柳　栖柳（鶯）栖草　鳴草
吟草（蛩）眠草（牛）窺草　嘶草　翻藻（翻藻白魚跳）號木　啼樹
依藻（寒魚依密藻）鳴竹　穿竹　栖竹　栖枳　栖棘（鳳）吹絮
黏絮（蜂）遷木　升木

【宮室】○總雞幕燕二十八

【平】總雞　鄰雞　庭烏　城烏　墻烏　庭鴉　宮鶯　總禽　【並實】
城狐　家雞　庭雞
【上去】砌蛩　壁蛩
【入】幕燕　厦燕　厦雀　檻蝶　廄馬　櫪馬
【平】梁燕　簾燕（捲簾通燕子）檣燕（檣燕語留人）簷燕　簷雀　簷鵲
簷馬　庭鵲　庭鶴　庭雀　家兔

○蜂房燕壘二十九（與宮室門龍樓鳳閣互用）【並實】

【平】蜂房　蜂窠　蜂衙　禽巢　鴿原　鶯巢　魚磯　雞塒
魚梁　龍湫　龍窩　鯨波　蛛絲
【上去】虎牢　鳳巢　燕巢　鸛巢　鳥巢　燕泥　蟻封　馬槽
鵲巢
【入】燕壘　燕國（燕子烏衣國）燕幕　鳳穴　鳳藪　虎穴　兔穴
鼠穴　兔窟　鳥道　鴈澤　馬廄　馬櫪　蟻垤　蟻國
蟻穴　蟻路　鸛垤　鴈磧
【上平】蟾窟　鶯谷　蜂户　蝸國　虫網　蛛網　蚕箔　蚕繭
蚊市　蛙市　龍穴

○歸梁賀厦三十　【虛】活【下實】

【平】歸梁　棲梁　巢簷（燕）穿簾　窺簾　吞舟　吞鈎（魚）喧籬
喧簷　窺簷（雀）充庭　搘床（龜）喧庭（鵲）翔庭（鳳）緣帷（螢）鳴軒

沿堦 穿牕(螢) 傳書(鴈) 鳴牕(雞)
【去】在梁 語梁 語簷 入簾 掠簷(燕) 喿簷 避舡(鷗) 入牕
入床 觸藩(羊) 入幃 度牕 燦堦 遶欄 照書 點衣
報衙 撲牕(蜂) 織簷(蛛) 在堂(蟋蟀) 繫亭(馬) 掠簾(燕)
賀廈 入幕 欵幕(燕) 舞檻 遶檻(蝶) 俯檻(鴛) 罩戶 網壁
在戶(蟋蟀) 響砌(虫) 觸牖 出柙(虎) 入帳 隔幔 度閣 拂席
集府(鳥) 伏檻 立仗 泛駕(馬) 篆壁(蝸) 繫帛(鴈)
【平】穿屋(鼠) 栖屋(鳥) 巢閣(鳳) 穿牖 巢室 翻幕 巢幕 穿幕
飛幕(燕) 穿屋(雀) 侵幕(螢) 吟砌 鳴砌(虫) 居壁 穿檻(蜂) 粘壁
沿壁 穿壁(虎) 遊釜(魚) 依梁 鳴桁 書壁(蝸) 飛屋 流屋

○營巢結壘三十一

【平】營巢(燕) 添巢 歸巢 離巢 爭巢 辟巢 尋巢 居巢

歸窠 尋窠 栖塒 偷香 尋香
【去】結房(蜂) 定巢 隔巢(黃鳥並) 護巢 落巢(鳥) 吐絲 布絲
結巢
【入】結壘(燕) 結網 引網 布網 壅戶 掛網(蛛) 作繭(蚕) 結蜜
採蜜 課蜜 釀蜜 入穴 出穴 吐沫 噴沫
【平】尋壘 營壘(燕) 坯戶 閉戶 圖穴 穿穴 供蜜 成蜜
分蜜(蜂) 爭餌 貪餌(魚) 栖架 眠欄(鹿) 成繭(蚕) 縈絲(蛛) 穿戶
粘網

○巢空穴小三十二

巢空 巢新 巢深 巢低 房空(蜂) 巢成 巢傾
壘新 網疎
穴小 壘密 壘舊 網密 網壞

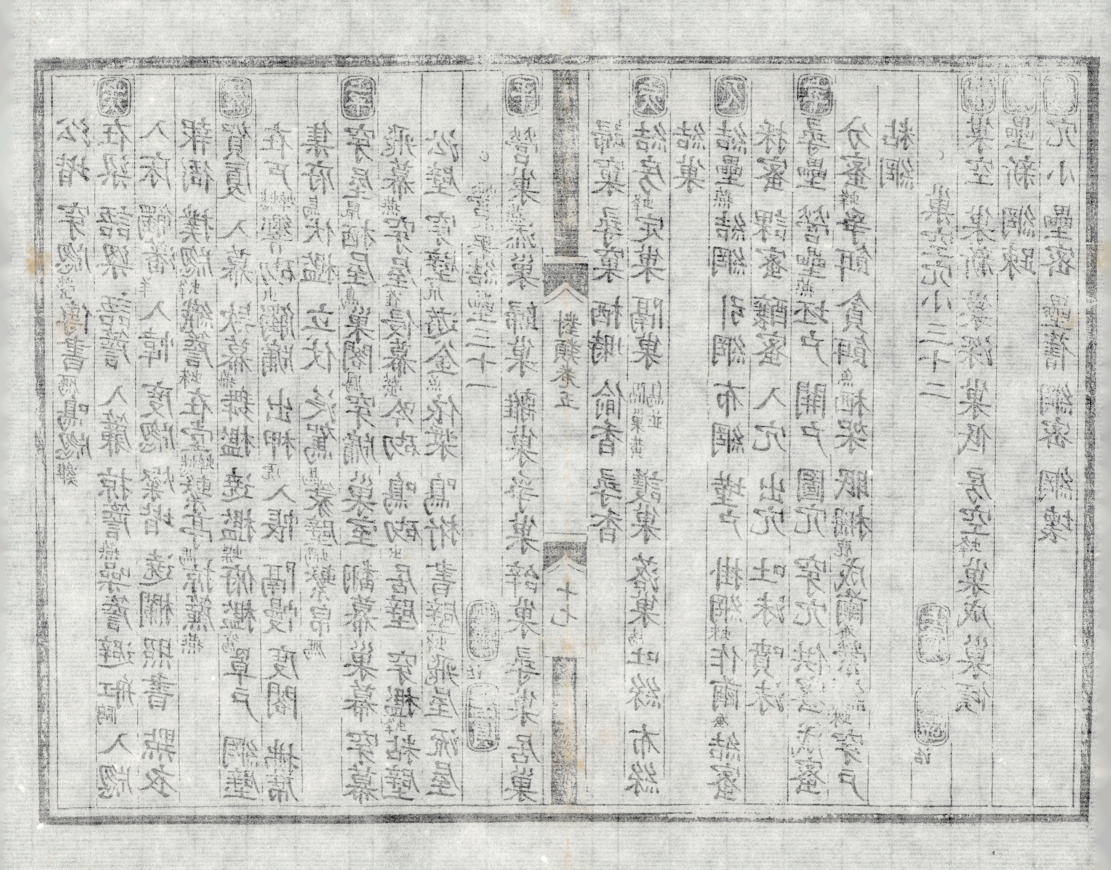

【幸】巢小　絲断　衙罷　房窓

【器用】○鶯簧蝶拍三十三　【虚實】

【平】鶯簧　鶯梭　鶯金　魚梭　魚刀　螢星　螢燈　蛛絲

蚕絲　蟬琴　虫書　鮫綃　蚊雷

【亥】鯉梭

【仄】蝶拍　蝶板　蝶粉　鴈字（行鴈字書絳霄）　繭甕　燕剪（燕尾如剪）

鯉尺　鯉錦

【幸】蛙鼓　蛙樂　蝸篆　虫網　螢火　螢燭　魚尺　蛛網

○調簧舞拍三十四　【上虚】活【下實】

【平】調簧　調琴　穿梭　抛梭（鶯）　跳梭（魚）　成橋（鵲）　縈絲（蛛）　流金

調笙　翻金　塗金（鶯）　彈琴（蟬）　飛燈　垂絲　收絲

【亥】擲梭　奏簧　躍梭（魚）　吐絲（蚕）　爍星（螢）

【亥】舞拍　按拍（蝶）　擲尺（魚）　吐錦（雞）　奏曲（鳥）　結網　作網（蛛）　絡緯

篆字（虫）　傳粉（蝶）

【幸】書字　排字（鴈）　抛尺　翻尺（魚）　翻拍（蝶）

○傷弓怯鈎三十五　【上虚】活【下實】

【平】傷弓　驚絃　驚弓（鳥）　疑鈎（魚）　乘軒（衛懿公好鶴鶴有乘軒者）

【亥】避矰　駭弓（鳥）　上鈎

【仄】怯鈎　避鈎　駭鈎　怯網（魚）　避網　避繳（鳥）　嚼勒（馬）

【幸】驚餌　驚鈎　吞餌（魚）　離網　驚彈（鳥）　銜轡（馬）　疑鈎（魚）

【采色】○黃鶯紫燕三十六　【上虚】【下實】

【平】黃鶯　黃鸝　倉庚　紅鸞　青鸞　班鳩　蒼鷹　華虫

烏鵶　青鳬　玄牲　黃雞　黃熊　黃騮　青驄　花驄

蒼龍　黃龍　黃牛　蒼虬　蒼蠅　青蠅　青蛙　青螺

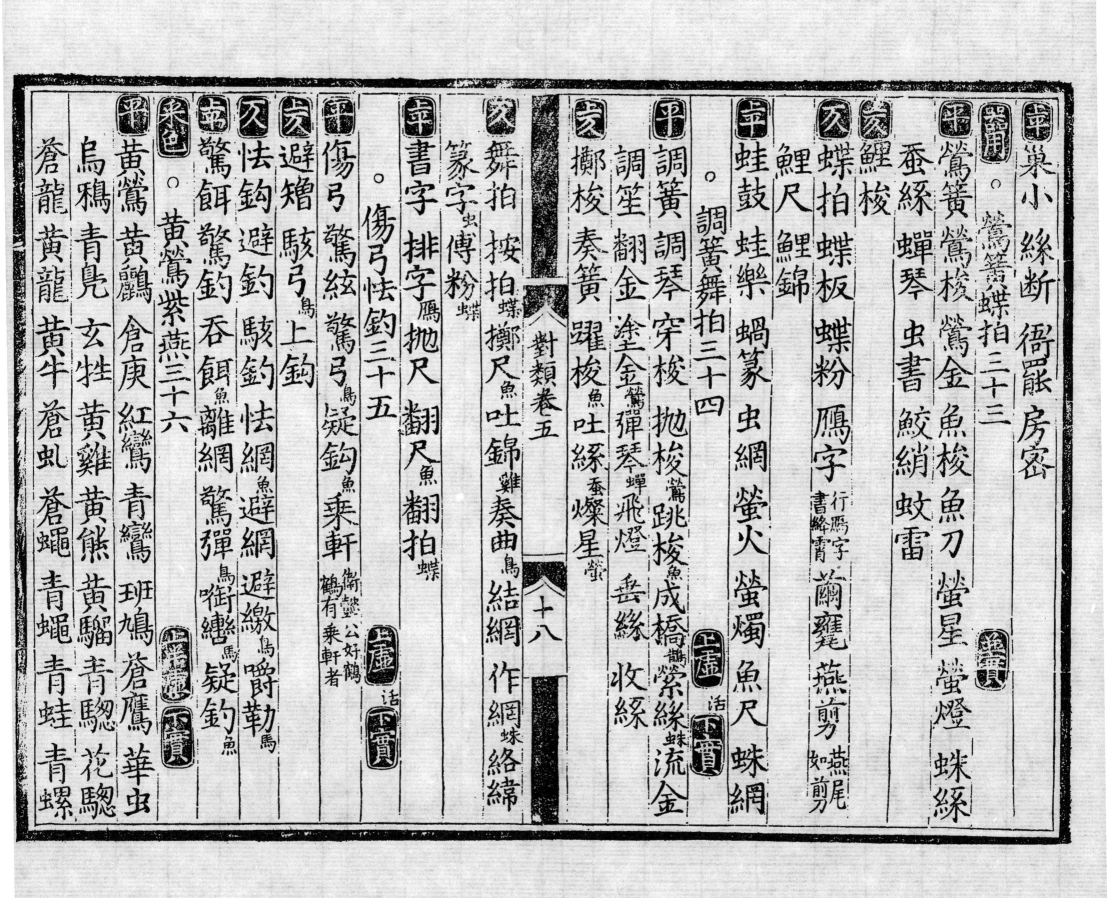

（此页为古籍篆书/古文字体印本，字迹漫漶，无法准确辨识）

黃蜂 紅蠶 紅鱗
[去]白麟 白駒 白雞 白猿 白魚 白鷗 白龜 白鷳
白羊 紫騮 白鸞 白狼 綵鸞 皂鵰 赤烏
[入]紫燕 彩燕 彩鳳 紫鳳 白鳳 白鶴 白鷺 白兎
白馬 白鹿 白雉 白鴈 白鳥 白牯 白豕 白虎
粉蝶 彩蝶 彩雉 紫鯉 赤鯉 綠鴨 翠鳥 赤豹
赤鴈
[上]黃雀 黃鶴 朱鶴 黃犢 黃豹 黃犬 黃蝶 黃鵠
黃鳥 黃鯉 紅鯉 朱雀 朱鳥 朱鮪 丹鳳 倉隼
青鳥 黃蟻 朱蟻

○蜂黃蝶粉三十七 [並實]

[平]蜂黃 鶯黃 鸝黃 鵝黃 鳩班 鴉青 猩紅 螺青

[去]鴈紅 豹班 翠青 翡青 蠟黃
[入]蝶粉 燕紫 鴨綠 鵲碧 翠碧 馬白 豕白 鷺白
鳳褐 鳳紫 鴈褐 蜃粉
[上]鴉翠 鴉碧 鴉皂 鷗白 熊白 蛾翠 螺翠 鷹褐
駞褐 蛾綠 鱗紫

○紅翎白羽三十八 [上虛下實]

[平]紅翎 黃鱗 青頭 青毛 紅鮮 紅鬐 黃毛 朱冠
黃鬚
[去]白頭 白鱗 白牙 白毫 綠毛 白毛 紫毛 紫鱗
紫翎 粉鬚 翠毛
白羽 白眼 白面 白尾 白蹢 白額(虎) 白鬣(魚) 紫鬣
翠羽 綠耳

〔平〕黄耳 紅掌 紅尾 紅觜 紅足 赬尾 青羽 青翅

黄彖 朱頂(鶴)

○金鶯玉蝶三十九

〔平〕金鶯 金鸞 金烏(日) 金猊(爐) 金龍 金牛 銅駝 銅魚

金雞(日) 銀蟾(月) 金蟾 絲蠶

〔去〕玉龍(笛) 玉麟 玉貍 玉蚪 玉驄 玉鸞 錦雞 錦鯨

錦鳩 玉蟾 玉蜍 玉犀 玉獅

〔入〕玉蝶 玉鳳 玉鴈 玉兔(月) 粉蝶 玉麈 寶獸(炉) 寶馬

鐵騎 錦雉 錦鯉 錦燕 鐵馬

〔上〕銀鯽 金鯉 金獸 金馬(門) 銀鱠 絲鱠

○金鱗玉羽四十

〔平〕金鱗(魚) 金毛 金衣(鶯) 鈴蹄 金眸 絲毛(鷺) 金翎 花驄

銀眸 琴喉(鶯) 銀騣

〔去〕玉蹄 翠翅 錦鱗 劍翎 翠冠 翠衿(鸚鵡賦綠衣翠衿) 玉翅

〔入〕玉羽 玉翼 粉翅(蝶) 鐵觜 鐵距 玉爪(龍) 粉翼 綺翼

絲羽(雉) 菊羽 綉羽

〔上〕金觜 金目 丹頂 絲頂 綃翼(蟬) 鈎觜 金距(雞) 金啄

瑤翮(鶴)

○金梭玉尺四十一

〔平〕金梭(鶯) 金房(蜂) 花冠(雞) 銀絲 玄裳(鶴) 絲窠 銀鈎

〔去〕菊衣(鶯) 雪衣(鸚鵡) 玉衣 縞衣(鶴) 玉璫 菊裳 粉衣

〔入〕玉尺(魚) 錦字(鴈) 玉拍 粉拍(蝶)

〔上〕金尺(鯉)

○莊鵬衛鶴四十二

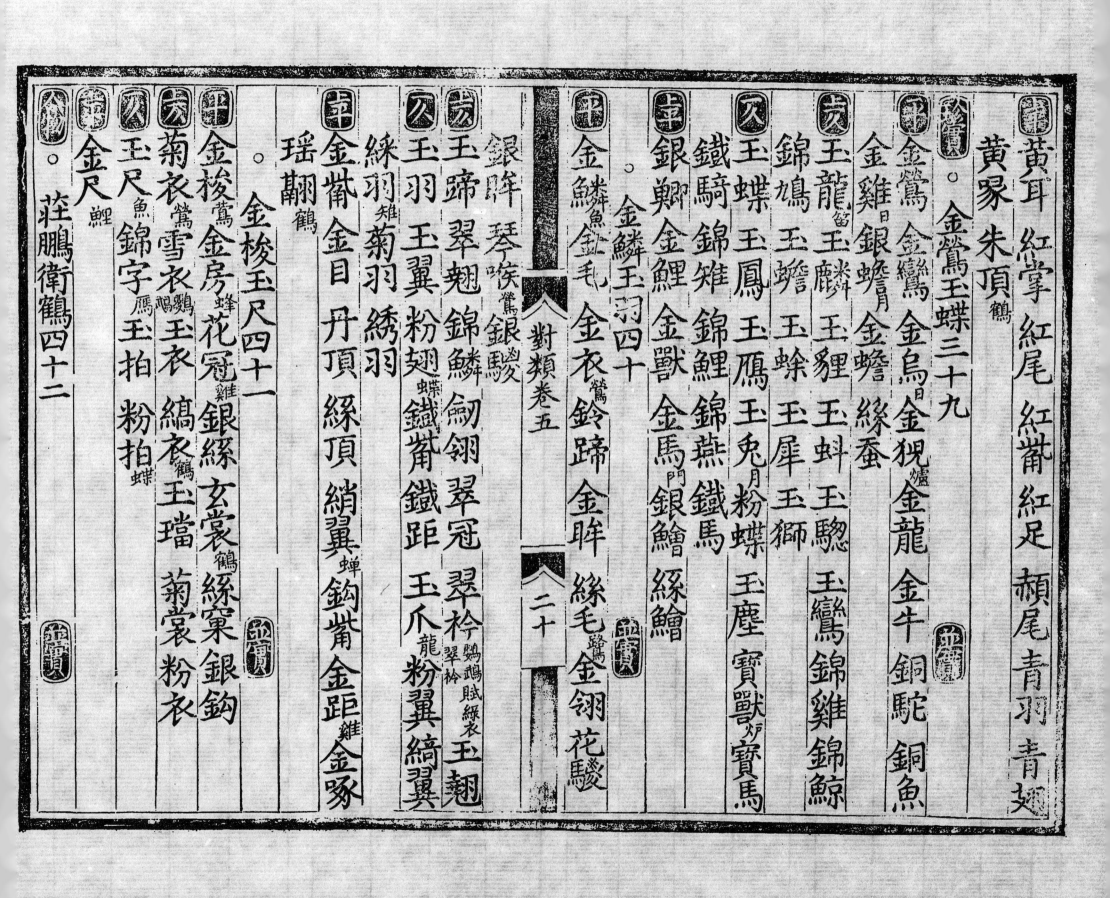

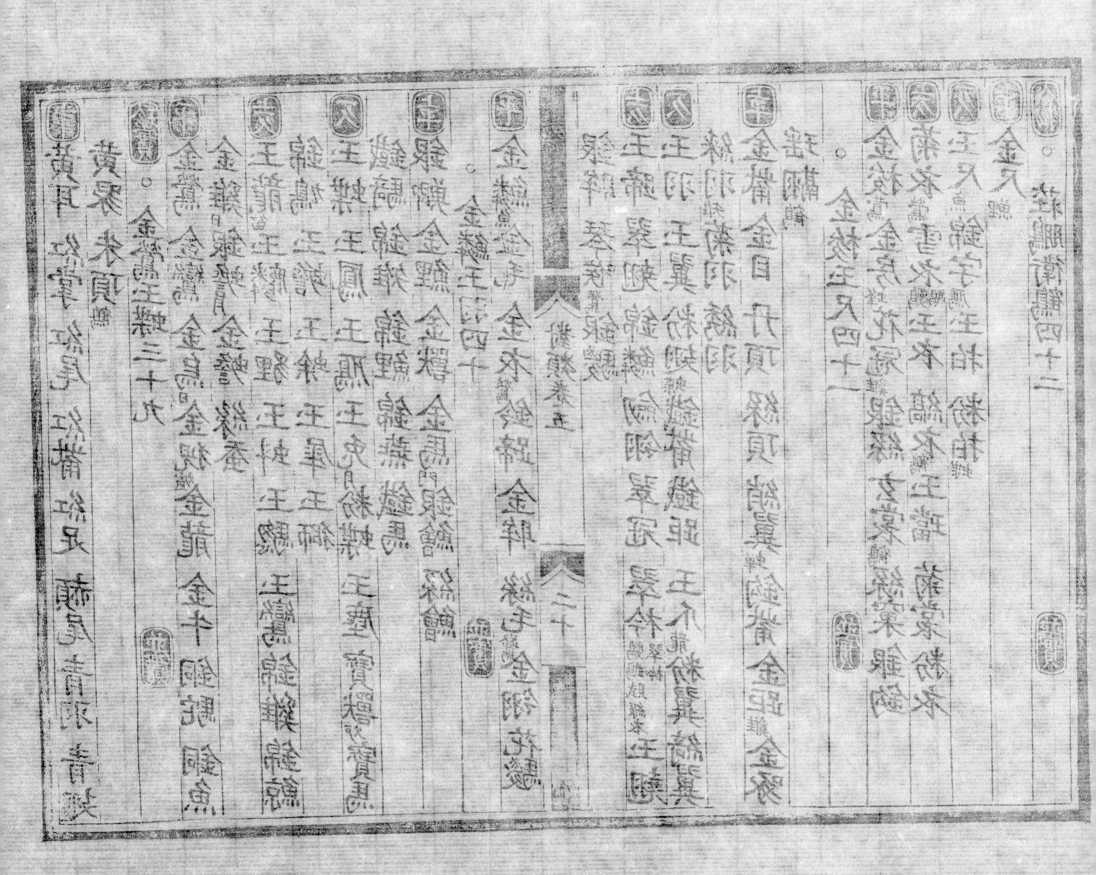

【平】莊鵬　莊魚　齊蟬　仇鸞　羲鵝　喬梟　吳蚕　張鱸

車螢　韓獹

【去】宋雞　越雞　魯雞　蜀雞　楚烏　魯麟　越禽　孔龍

蜀鵑　旅獒　甯牛

【仄】衛鶴　舜鳳　蜀犬　甯虎　陸犬　桀犬　冀馬　謝燕

楚雀　薛鳳　越燕

【上平】嵇鶴　蘇鴈　莊蝶　秦鹿　周狗　堯犬　隋鹿　馮虎

○山君蜀帝四十三

【平】山君(虎)　波臣(龜)　胎仙(鶴)　王孫(猴)　髯郎(羊)　龍精(蚕)　陽精(鳥)　廚人【並實】

飛奴(鴿)　嘉賓(鶴)　山公(猿)

【去】社君(燕)　雨師　雪娘(鸚鵡)　野賓(猴)　勃姑(鳩)　右軍(鵝)　郭公(鳥)　海翁

【仄】蜀帝(子規)　郭索　隴客(鸚鵡)　雉友(鳥)　太武(牛)　巧婦　綠使(鸚鵡)　水母

對類卷五　二十一

【上平】歌女(蚯蚓)　天女(玄鳥)　神女(鵲)　齊女(蟬)　仙客(鶴)　南客(孔雀)　龍友　閑客

西客

○蜂媒蝶使四十四

【平】蜂媒　蜂王　蜂兒　鶯雛　鶯兒　麟兒　羔兒　鵝兒【並實】

魚兒(鵜鶵)　鴻兒　梟雛　梟翁　猿翁　猿賓　雞群

鴻賓(鴻鴈來賓)　雞群　鴛儔　鷗朋　龜朋　猴孫　龍孫

龍駒　鸜哥

【去】鳳雛　鶴雛　燕兒　燕雛　鴈奴　鴈兒　鳳兒　雀兒

馬兒　鴈賓　鵲兒　蝶兒

【仄】蝶使　蝶侶　燕使　燕子　燕客　鳳侶　鳳偶　鳳子

鳳友　鶴侶　鶴客　鹿友　鹿子　虎子　鴈弟　驥子

驥種

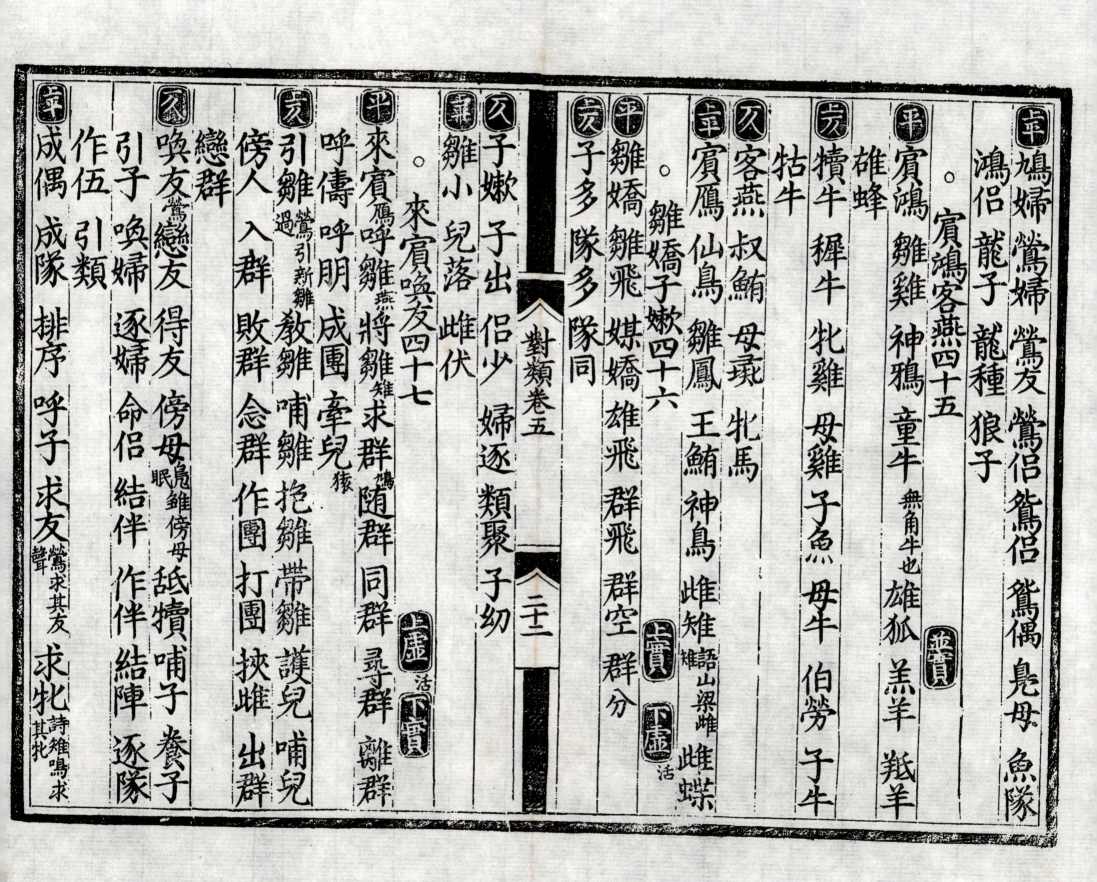

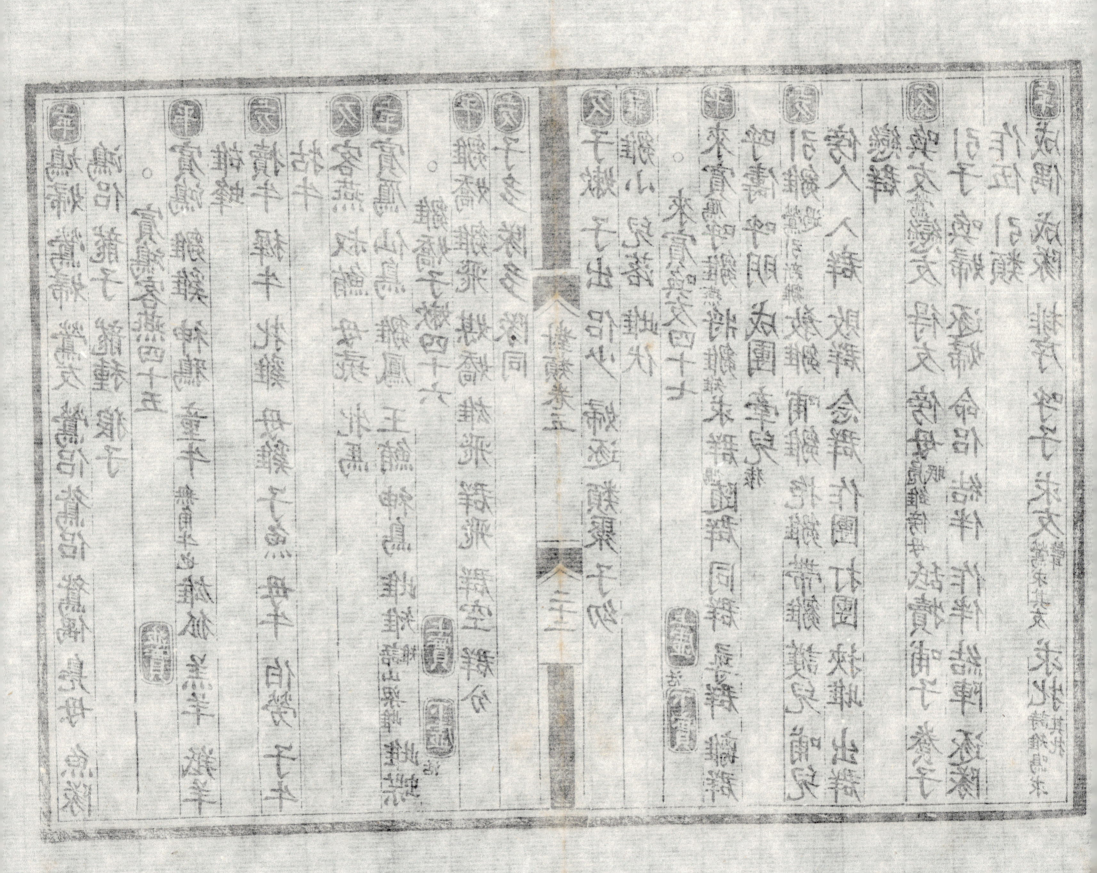

如客〔秋燕已如〕　呼婦　尋侶　尋友　為伍　為侶
。

催耕勸織四十八

〔平〕催耕　催耕歸　傳書　棲香　收香　尋芳　遷喬　飛高〔虛活下實〕
〔去〕依高　疑甘　窺班　尋盟　忘機　闘高　擇深　集深
寄書　勸歸〔觀子下喬〕露班豹採粧　闘高蝶擇深集深
〔去〕出幽　入幽　負奇　乞憐犬吠聲　採粧　闘建說舊燕　遇順鴻奏響蟬遶哺
〔又〕勸織　促織〔蚕〕報喜〔鵲〕勸飲〔蝶〕闘逐臭〔蠅〕飲潔蟬集喜蝶負重
致遠馬　擇穩　啄食鳥　鬭健雞　遇順鴻　奏響蟬　逐哺
〔上〕善闘〔雞〕雜話舊燕

〔平〕催種〔杜甫公庽慶慶〕思故馬　為蠹蟲　貪食魚　求牧羊　占喜鵲　營食
求食　求艶蝶　傳喜鵲　流響
。

對類卷五　〔二十三〕

蜀人伴我四十九

〔平〕留人〔杜牆燕語留〕驚人〔蜂人〕傷人　依人　隨人
催人布穀也
〔又〕向人〔燕〕傍人〔燕人鼠勸人蚕〕附人　亂人　傷心隨僧
〔又〕惱人　醒人　逐人　笑人　喚人　戀人
驚人　嚙人　毒人　學人　惱鄰　學舞
〔上〕別主〔鷗〕勸客〔鳥〕顧客〔犬〕似我　向我
戀主犬
〔入事〕迎客　如客　留客　留我　驚客　驚婦

攀龍附鳳五十

〔平〕攀龍　乘龍　登龍　騎龍　從龍　亨龍　棲鸞　驂鸞
乘鸞　臨鸞　求魚　亨魚　觀魚　義魚　穿魚　思鱸
亨鮮　騎鯨　騎驢　乘驢　乘驄　騎牛　牽牛　屠牛

攘牛 聞鶯 聞雞 攘雞 忘羊 持螯 連螯 號猿
聞猿 囊螢 飛鳧 揮犀 從禽 忘鷗 盟鷗 烹牢
占龜 維熊 哇鵝 烹羔

去
卧龍 化龍 應龍 畫龍 羨魚 得魚 釣魚 捕魚
買魚 養魚 覔魚 取魚 網魚 舍魚 薦魚 貫魚
食魚 夢魚 取熊 夢熊 卜熊 証羊 牧羊 養鸞
跨鸞 集鸞 指鸞 跨驢 跨鼇 釣鼇 鬬雞 割雞
殺雞 愛鵝 換鵝 殺鵝 斬蛇 斷蛇 捕蛇 慕羶
畫蛇 解牛 放牛 牧牛 食牛 愛牛 殺牛 買牛
放猿 聽猿 落鵰 射鵰 拂龜 放龜 灼龜 卜龜
聚螢 撲螢 狎鷗 續鳧 續貂 鮮貂 飼蚕 養蚕
養牲 獲麟 絶麟 紀麟 献獒 饋豚 献螯 放鷹

入
附鳳 跨鳳 覩鳳 紀鳳 舞鳳 養虎 搏虎 射虎
縛虎 逐虎 畫虎 搤虎 暴虎（語暴虎馮河） 正鵠 刻鵠
集鴈 寄鴈 問鴈 釣鯉 射鹿 逐鹿 得鹿 指鹿
策馬 馭馬 上馬 跨馬 秣馬 立馬 駐馬 躍馬
下馬 勒馬 絡馬 牧馬 倚馬 飲馬 走馬 洗馬
繫馬 相馬 失馬 斬馬 買馬 買犢 得兎 逐兎
駕鶴 養鶴 放鶴 煮鶴 跨鶴 逐獸 搏獸 撲蝶
夢蝶 化蝶 射鼠 躍象 展驥 振鷺 隱豹 献雉
彈雀

平
棲鳳 占鳳 炰鳳 儀鳳 羅雀 鳴鹿 投鼠 窺豹
屠狗 烹狗 炰鱉 旋蟻 騎虎 為虎 乘馬 隨馬
騎馬 馳馬 歸馬 停騎 乘鶴 騎鶴 雙鶴 揮麈

齧犢　通燕　烹鯉

。攀鱗叩角五十一　上虛 活 下實

平 攀鱗　批鱗　嬰鱗　揮毫　剗腸　焚膏　窺斑

仄 煮蹯　捋鬚　茹毛 茹毛飲血　割鮮　食鮮　寢皮　拔牙

拔毫

仄 叩角 甯戚叩牛角　附翼 附鳳翼　續脛　斷脛　茹血　飲血

歃血　食肉　解體

上平 嘗膽 越王卧薪嘗膽　燒尾　摩翮　騎背　批耳

身體 。龍鱗蝶翅五十二 與身體門龍顏鶴髮互用　並實

平 龍鱗　龍頭　龍髯　龍肝　熊膰　鴻毛　牛毛　羊頭

猩唇　豚蹄　豚肩　鶯喉　鶯唇　蜂鬚　蝸涎　鶯腸

鯨牙　魚腮

上仄 馬蹄　馬頭　馬鬉　虎皮　虎頭　虎蹄　虎牙　豹頭

虎鬚　豹胎　豹皮　鹿皮 以鹿皮為衣　鼠牙　象牙

鴈翎　鶴翎　獸蹄　兔肩　鼠肝　蝶鬚　麝臍　鳳毛

兔毫　蟹螯

仄 蝶翅　鳳翅　鳥翅　鶴翅　鴈翅　鳳翼　鳳羽　鳳尾

鳳髓　鶴羽　鸛脛　鴈翮　鴈羽　鴈爪　雉羽　鳳脛

燕觜　燕足　鷺羽　鷺足　鷺股　鳥跡　鳥喙　鳥翮

虎尾　虎口　虎翼　豹尾　狗尾　鼠尾　馬尾　馬首

馬足　馬耳　馬鬣　驥尾　驥足　鹿角

平 鶯羽　鶯翅　鶯舌　鶯觜　鶯頸　鳧頸　鳧翼　鴻翼

鵬翼　鵬翮　鸞翼　鷹爪　雞口　雞肋　麟角　麟趾

龍首　龍角　龍耳　龍額　龍項　牛背　牛角　牛耳

羊胛　魚目　魚尾　魚頟　熊掌　貂尾　狼尾　蜂蠆
蟬蜕　蛇蜕　犀角　虫臂　鵝頸　螳臂

○龍頷鳳味五十三 與花木門雞頭雀舌互用

平 龍頷相　龍精香　羊毛筆　鵝毛雪　蜂腰　牛腰　並實 鰕鬚簾曰鰕鬚
蝇頭字

上仄 鳳頭簪　雉頭　虎頭相　鹿皮冠　雀頭香　麝臍香　蚌胎珠　鼠鬚
兎毫筆　虎睛藥

仄 鳳味硯　雉尾扇　鴈足書　象眼䌫　鶴頂　燕頷相　蟹眼湯　犢鼻

上平 龜背文　龜脚海味　猿臂笛　龍尾硯　魚眼湯　龍腦藥　鵝眼錢　魚骨
魚腹書　蟬翼　蝸角名　羊角風

○多情有意五十四

平 多情蝶　多音　無心鳥　無聲　無牙鼠　能言鸚鵡　上虛 活 下實

上仄 有情蝶　有聲　盡情　有心

仄 有意　有體鼠　有信雞　有禮羊　有義犬

上平 無角　無數蜻蜓　多力牛　多種鼠

○鶯聲鴈影五十五

平 鶯聲　禽聲　雞聲　雞聲茅店月　鷗聲　鴛聲　鴉聲　猿聲　並實
蛙聲　蛩聲　鵓聲　蟬聲　虫聲　蠅聲　蜂聲　鳩聲
螢光　龍文　龜文　虫文

上仄 鴈聲　燕聲　雀聲　鵲聲　鳥聲　馬聲　虎威　豹文
鳥音　鳥情

仄 鴈影　鳥影　鳥韻　鳥性　山光悅鳥性　蝶影　馬力　驥力
虎勢　虎迹　馬迹　鷺影　鳥跡　鵠志

上平 鸞影　鴻影　鵬影　鳧影　螢影　螢點　螢燄　鳩韻

蛩韻　蟬韻　鶯韻　鷗韻　蛙韻

鶯行鷺序五十六

[平] 鶯行　龜齡　雞群　魚群　鵬程　鷗盟　龍章　並實
[去] 鴈行　鷺行　蟻行　蝶群　鳥群　鶴群　鶴齡　獸群
[入] 鷺序　鴈序　鴈齒　鴈陣　蟻陣　鶴筭　鳳紀
[上] 魚陣　鴉陣　鵬運　龜筭　龜兆　龜甲　鯨量　鷗社
魚隊

翎毛羽翼五十七

[平] 翎毛　皮毛　鱗毛　毫皮　皮鱗　鱗鬚　膏脂　脂膠　並實
聲音　毫毛
[去] 羽皮　羽毛　羽翰　爪牙　齒牙　介鱗　羽儀　卵胎
甲鱗
[入] 羽翼　羽翮　羽翅　齒角　齒革　爪距　爪角　爪觜
骨角　頸喙
[上] 毛羽　毛骨　毛介　毛革　毛毳　鱗介　鱗翼　鱗甲
頭角　筋角　筋骨　皮革　皮肉　牙爪　喉舌　蹄角
鬐鬣　形影　聲色　形色　音韻　鱗角　鬃鬣

遊鱗過翼五十八　上虛　活　下實

[平] 遊鱗　潛鱗　嘶聲　鳴聲　歌聲　飛光　流光
[去] 落毛　去蹄　過蹄　呌聲　語聲　噪聲
[入] 過翼　比翼　過羽　落羽　墜羽　逸足　缺舌　怒腹
過影　走足
[上] 歸翅　歸翮　歌舌　歸翼

脩翎健翼五十九　上虛　活　下實

〔平〕脩翎　踈翎　長翎　輕翎　洪鱗　纖鱗　脩鱗　鮮鱗
新鱗　鮮毛　柔毛　纖毫　雄毫　長鬚　芳鬚　雄心
輕蹄　圓蹄　奔蹄　奇姿　新姿　芳姿　新音　新聲
纖腰　圓臍
〔去〕細鱗　小鱗　巨鱗　密鱗　縱鱗　躍鱗　疾蹄　迅蹄
薄蹄　逸翰　斷行　氄毛　細毛　艷聲
〔入〕健翼　勁翼　迅翼　勁翮　短翮　逸翮　勁羽　健羽
急羽　巧舌　脆舌　短翅　薄翅　急翅　大角　短喙
短頸　駿足　駿骨　老距　老觜　巨口　巨鬣　美色
利爪　壯志　細頸
〔平〕長翅　柔翅　長鬣　輕鬣　長頸　脩頸　輕翅　長喙
長翼　踈翮　輕羽　長羽　踈羽　仙骨

上虛　活　下實

。調聲振羽六十

〔平〕調聲　調音　流音　揚音　騰身　棲身　藏身　翻身
潛身　昂身　回頭　駢頭　翻翰　梳翎　磨牙　摩鬚
揚鬐　來儀
〔上去〕鼓鬢　舉翰　振翰　整翰　露牙　露身　轉身　奮身
攫身鷹也攫身思狡兔　刷毛　整毛　理毛　弄音　弄聲　囀聲
變聲　囀喉　掉頭　曳聲蟬曳殘聲過別枝
〔入〕振羽　整羽　刷羽　拂羽　遣羽　勵羽　洗翅　奮翅
展羽　戢翅　接翅　拍翅　側翅　歛翅　曬翅　鼓翅
展翼　戢翼　整翼　拊翼　鼓翼　奮翼　振翼　歛翼
接翼　勵翼　整翮　理翮　曳尾　擺尾　掉尾　鼓鬣
奮鬣　振鬣　引頸　縮頸　縮項　奮臂　點額　露爪

礪爪　露角　弄舌　礪觜　潤吻　脫蛻　跪乳　恍性
比目魚度影
上平　張鬣　揚鬣　調舌　啼血杜字　交頸　驤首　龍翅首　昂首
翹足　拳足　翻翼　張翼　舒翼　垂翼　饒舌　伸頸
翻翅　垂翅　張翅　交翅　垂耳　張羽　梳羽　飛羽
摇尾　横影　調韵　翻影

。聲傳影落六十一　上實　下虛　活

平　聲傳　聲喧　聲嘶　聲調　身栖　身依　身藏　身潛
身輕　身騰　翎踈　翎稀　翎脩　翎張　蹄輕　音清
音流
上仄　翮輕　羽飛　爪剛　頸長　彖長　翅垂　翅翔　翅翻
翅張　翅舒　陣鶩　陣踈　陣斜　陣横　角驤　舌調

足拳　臂長　羽翻　翼張　翼垂　翼舒　鬣張
仄　影落　影度　影過　羽健　羽落　羽拂　羽整　羽振
翼奮　翼鼓　頸短　翼整　翅展　翅短　翮勁　力健
力困　爪利　角露　舌轉　舌巧　舌健　舌弄　陣整
吻利　觜利　尾掠　尾掉　鬣鼓　蛻脫　距脫　翮短
上平　毛毬　毛整　毛細　喉轉　聲轉　聲巧　聲細　聲咲
聲度　聲老　聲鬧　聲呌　聲噪　聲曳　聲過　聲咽
聲弄　鱗躍　翰舉　身傍　身宿

。聲嬌影碎六十二　上實　下虛　活

平　聲嬌　聲繁　聲哀　聲悲　聲殘　聲長　行斜　行踈
光微
上仄　體輕　韵調　韵清　韵悲　谿微　影高　影斜　影踈

影橫 羽輕 翅輕
仄 影碎 影亂 影斷 影獨 語滑 語巧 韻巧 韻美
韻轉 燄冷 翼健 翮健 翅急 翅接 翅拍
卒 聲碎 風𩗗鳥聲碎 行整 行斷 鱗細 鱗躍 光細 翎健
聲急 聲切 聲憯 聲喚 音巧 音好 聲好 聲斷
鱗小

○清音遠影六十三 上虛 活 下實

平 清音 佳音 嬌辭 清聲 嬌聲 悲聲 哀聲 愁聲
殘聲 餘聲 踈行 寒光 微光螢
去 好音 斷音 冷光
仄 遠影 亂影 亂點 冷燄 細燄 巧韻
卒 清影 斜影 橫影 踈影 清韻 嬌韻 餘韻 幽響

清響 新響 清燄 踈燄

○嬌吟巧轉六十四 並虛 活

平 嬌吟 悲吟 悲鳴 悲號 悲嘶 哀鳴 和鳴 嬌鳴
嬌嘶 嬌呼 歡呼 知歸 知還 驚飛
去 疾馳 疾驅 疾飛 倦飛 學飛 快飛 習飛 奮飛
巧吟 學吟 學鳴 巧呼 巧鳴 困棲 急飛 健飛
習鳴
仄 巧轉 巧語 緩轉 學轉 學語 學舞 快學 快躍
怯避 聚樂 喜噪 苦戀 渴飲
卒 嬌語 嬌轉 驚散 驚舞 悲咽 悲噪 知聚 驚起
哀叫 哀吼

○成行作陣六十五 上虛 下半實 活

〔平〕成行 排行 爲群 成群 成雙 分群
〔去〕列行 逸群 作群
〔入〕作陣 作序 作對 作隊
〔平〕成序 成對 排陣 橫陣 成陣

。南來北向六十六 〔上實〕〔下虛〕活

〔平〕南來 南遊 南征(鴈) 南翔 南飛(鵲) 西來 西歸
〔去〕北歸 北飛(鴈) 北來(馬)
〔入〕北向 北去(鴈) 北產(馬)
〔平〕南牧(馬) 東走(鱸魚)

。爭飛自照六十七 〔全虛〕活

〔平〕爭飛 交飛 聯飛 齊飛 分飛 于飛 同飛 同吟
同鳴 同栖 交馳 相喧 相呼 相親 相依 相隨

相忘 相馳 相驅 爭吟 爭啼 爭栖 爭來 爭歸
爭驅 爭嘶 爭鳴 爭喧 爭馳 齊歸 齊驅
〔去〕並飛 並驅 並馳 自鳴 自吟 自來 自栖 自眠
自飛 獨鳴 獨吟 獨啼 獨歸 獨眠 鬬鳴 鬬啼
鬬喧 鬬飛 競飛 競喧 競呼 競栖 競嘶 競馳
競鳴 對浮 對鳴 對沉 對啼 載馳 載飛 載驅
載鳴 共喧 獨飛 並鳴 獨栖
〔入〕自照(暗飛螢自照) 自舞 自樂 自去 自囀 自噪 自宿
對舞 獨舞 屢舞 共舞 鬬舞 競舞 並舞 對語
並語 自語 對立 獨立 並立 並宿 共宿 獨宿
並浴 共浴 對浴 對喚 共食 共逐 鬬逐 競噪
競宿 競逐 競集 競囀 競咽 競戲 競躍 鬬躍

並駕

〔上平〕爭浴 同宿 同喚 爭躍 爭噪 爭逐 爭舞 爭宿
爭奮 爭食 爭起 同食 同奮 相喚 相攫 相戀
相近 爭戲 爭喚 相語 相並 爭囀 相對 相逐

。高飛遠舉六十八 〔並虛〕活

〔平〕高飛 橫飛 斜飛 輕飛 低飛 橫翔 高翔 高遷
高搏 長鳴 幽栖 頻鳴 輕鳴 長吟 微吟 頻嘶
輕嘶 頻啼 輕翻 斜翻 深栖 長生兎 稠鳴
〔上去〕亂飛 亂鳴 亂呼 亂啼 遠翔 遠搏 俯窺 靜眠
後栖 反飛
〔入〕遠舉 遠引 遠翥 瞥過 緩囀 細語 亂噪 亂咽
亂響 反噬 反顧 反哺 返啄 俯啄 對鮮

〔上平〕高舉 高奮 高蹈 斜去 斜舞 低語 低舞 頻舞
頻囀 輕囀 輕過 輕舉 低過 閑立 翹立 長嘯
清嘯 清唳 深聚 垂飲 深逝 明視兎

。初鳴乍躍六十九 〔並虛〕活

〔平〕初鳴 初啼 初飛 初來 初歸 初調 初眠 先鳴
方鳴 新調 將栖 繞飛
〔上去〕始鳴 始飛 欲飛 欲啼 欲鳴 欲栖 乍飛 乍啼
乍鳴 正鳴 已來 已歸 未歸 未來 未啼 未鳴
乍栖
〔入〕乍躍 乍囀 乍語 乍噪 乍叫 乍出 乍宿 乍至
乍舞 已老 欲至 已噪 漸老 始囀 始躍 欲語
欲舞 欲去 已去 已宿 未宿

【上平】先宿　先起　先去　初過　初轉　方過　新語　新轉
新過　新咽　將至　將宿　將起　將去　初戲　初噪
初出　方出

○飛歸躍起七十　【並虛】活

【平】飛歸　飛來　飛還　飛栖　驚飛　翻飛　歸栖　歸來
回來　啼來　行來　催歸　來遊　來歸
【上去】喚回　喚歸　走歸　走來　叫來　叫殘　上來　下來
出來　舞翻　躍來
【入】躍起　喚起　噪起　叫斷　說破　點破　叫破　舞罷
叫罷　喚醒　瞥過　出去
【上平】飛去　飛上　飛過　飛起　飛入　飛落　飛下　啼破
啼過　鳴過　移去　沉去　歸去　歸宿　驚醒　驚去

驚起　驚破　嘶入　嘶過

○啼時宿處七十一　【上虛】活　【下半實】

【平】啼時　鳴時　飛時　來時　歸時　栖時　喧時　遊時
嘶時　吟時
【上去】叫時　噪時　囀時　去時　舞時　到時　過時　宿時
泊時　喚時
【入】宿處　舞處　浴處　囀處　叫處　躍處　落處　泊處
聚處　點處　食處　去處
【上平】啼處　鳴處　飛處　來處　栖處　吟處　嘶處　喧處
遊處

【數目】○雙鴻一鴈七十二　【上虛】死　【下實】

【平】雙鴻　孤鴻　孤鶩　雙鶩　雙鸞　孤鸞　雙鳧　雙虹

雙鷗　群鷗　雙鴛　孤鴛　孤凰　孤猿　孤螢　群鴉
群龍　群蛙　群羊　群蜂　雙魚遺我雙鯉魚　衆蛙　群魚
【上去】六龍易時乘六龍以御天　一龍　衆禽　一禽　十禽　百禽　一牛
九牛　百牛　萬牛　一豬　八鸞　九龍　六鰲列一鈎連六鰲
五鳬
【仄】一鴈　隻鴈　乘鴈　隻鳳　五鳳　一鶴　獨鶴　六鶴
一鳥　百鳥　二鳳　衆鳥　獨鳥歸山獨鳥遲　匹鳥鴛鴦　一鷄
百鷙　六鷁六鷁退飛　一馬　兩馬　駟馬四　五馬太守曰五馬
六馬　萬馬　匹馬　乘馬　萬騎　一騎　兩騎　兩虎
八駿　一驥
【上平】三鳳　雙鳳　孤鳳　雙鴈　孤鴈　群鴈　群鶴　雙鶴
雙鷺　群鷺　群鴛　孤鴛　群雀　雙雀　雙蝶　群蝶

雙燕　孤燕　雙鯉　雙鵲　孤鵲　孤鳥　群鳥　群獸
千騎　單騎　千駟四

○鸞孤鳳隻七十三　【上實　下虛】死

【平】鸞孤　鸞隻　鴛隻　雞群　猿孤　鴻孤　蜂多
魚多
【上去】燕雙　鯉雙　鴈雙　鴈孤　蝶雙　蝶多　鵲孤　雀群
鶴群　鵲群　鳳孤
【仄】鳳隻　鳳偶　鶴獨　鷄一　蝶對　鳥並
【上平】魚隊　魚衆　鸞隻　鴛匹　鷗並　鴛對　鴛偶

○雙翎兩翼七十四　【上虛　下實】死

【平】雙翎　雙鱗　千鱗　雙眉　雙蹄　雙眸　千聲
【上去】一毛　一毫　一聲　數聲　幾聲　一群　幾群　數行

幾行　數群　一行　兩行　四蹄　一班
【仄】兩翼　兩羽　兩翅　兩角　兩耳　獨角　一角　兩目
兩足　四足　一足　一尾　九尾　六翮　一羽　百韵
百舌　五色　隻影　獨影　片影　一點　數點　幾點
幾字　幾隊
【半】雙翅　雙羽　雙翼　雙翮　雙目　雙耳　雙角　雙足
三足（日中三足鳥）　三角（犀牛）　孤影　雙影　千韵　千點（螢）　同隊
○雙飛百轉七十五　【並虛】下活
【平】雙飛　群飛　孤飛　雙鳴　孤鳴　三鳴　孤吟　孤栖
群栖　群來　群呼　群趍　群分　群遊　雙歸　雙浮
雙來（古詞海燕雙來歸畫棟）
【去】一飛　一鳴　獨吟　衆栖　獨歸　獨飛

【仄】百轉　幾囀（鶯）　獨立（鷺）　一唱　一跳　一舉　衆鬬（巢多衆鳥鬬）
獨唳　偶止（鴛鴦鴛止則相偶飛則成雙）
【半】雙入　雙立　雙下　雙浴　雙戲　雙語（燕）　三舉　群宿
孤立　孤舞　三唱　雙宿　雙舞　群戲　群聚
○飛潛出沒七十六　【並虛】活
【平】飛潛　飛鳴　浮沉（杜一雙鴻鵠對浮沉）　飛翔　飛騰　高低　縱橫
橫斜　逍遙　扶搖（鵬扶搖九萬里）　遨遊　迴翔
【去】去來　往來　屈伸（尺蠖屈伸）　泳游　短長　唱酬
【仄】出沒　出入　聚散　宿食　斷續（蟬聲）　下上（詩燕燕于飛下上其音）
【半】明滅（螢）　來去　來往　踈密　明暗　高下　酬唱　伸縮
奔走　飛走　翔翥　伸屈　長短　掀翥　騰踏　馳驟
馳騖　奔逸　蟠屈　游泳　潛躍　多少　飛舞　飛躍

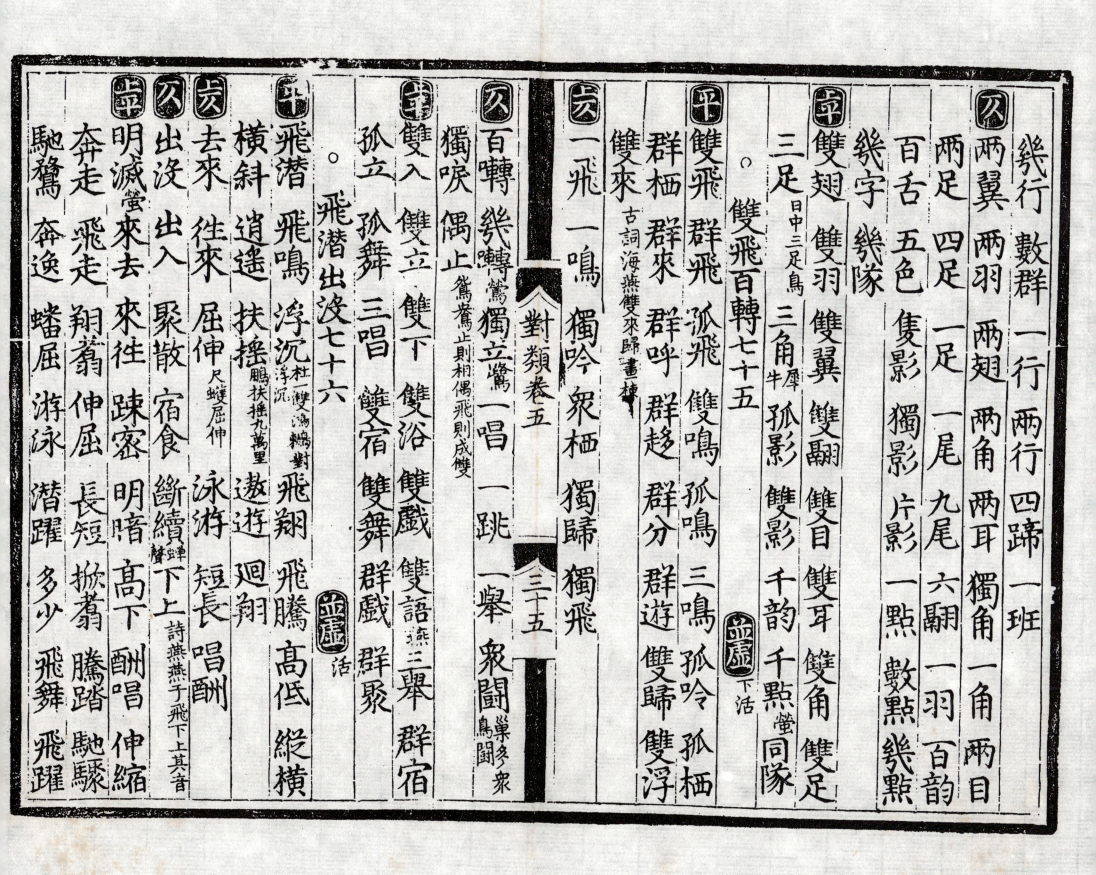

馳騁

連綿 ○ 啞喃睍睆七十七　並虛　活

平 呢喃 差池燕 綿蠻 間關並鶯 歡呼 喧呼 喧繁 翱翔

飛揚並鳥 飛遊 奔波 軒昂 昂藏 蹁躚鶴 蕭條 咆吼

䍿連 輕便 輕狂 翩翻 聯翩並蝶 繽紛 經營蜂 徘徊

孤高 聯拳並鷺 丁寧 鏗鏘鳥 飄搖 悠揚 田翔鴈 驍騰

騰驤 超驤 奔馳 驅馳並馬 淒凉 從容 盤旋 沉浮

啁啾虫

去 頡頏燕 唧啾虫 跳梁

仄 睍睆鶯 拂掠燕 撥剌魚 哽咽蟬 變化龍 夭矯 奮迅 奮擊

溅沒 漾蕩鷗 躑躅 散亂鳧 潔白鷺 落托蝶 婭姹鶯 茁壯

燦亂 熠燿螢 炳蔚虎 躑躅 躑跳 踴躍 跳躍 蹴踏

飲豕 瑟縮 擊搏鷹 宛轉鳥

平 咿喔雞 嘲哳 嘹唳 嗚咽蟬 啾唧虫 嘈雜 喧雜 喧鬧

操曳鷗 軒翥並鳳 哀怨猿 奔逐馬 馳逐 嘹嚦鴈 繚繞蝶

疊字 ○ 喈喈噦噦七十八　並虛　活

平 喈喈 膠膠並雞 蹌蹌 鏘鏘鸞聲 嚶嚶 振振 闗闗 嗷嗷

冥冥鴻 喳喳鵲 喧喧鳥 揚揚 娟娟 翩翩 紛紛 飛飛

翛翛 昂昂 嗈嗈鴈 交交鶯 軽軽 飄飄鷗 煌煌 啞啞

眈眈虎 呦呦鹿 爰爰 蕭蕭 駸駸馬 騑騑 駉駉 矜矜

嚶嚶 啾啾並虫 熒熒 燀燀 燿燿並螢 蠕蠕蚕 營營 嘈嘈

洋洋魚

仄 噦噦 噦噦鸞声 翼翼 翽翽 矯矯 肅肅 去去並鴈 恰恰鶯 眇眇

喔喔雞 逐逐虎 欻欻蜻蜓 濯濯 麌麌鹿 梟梟猿 趯趯兎 湿湿

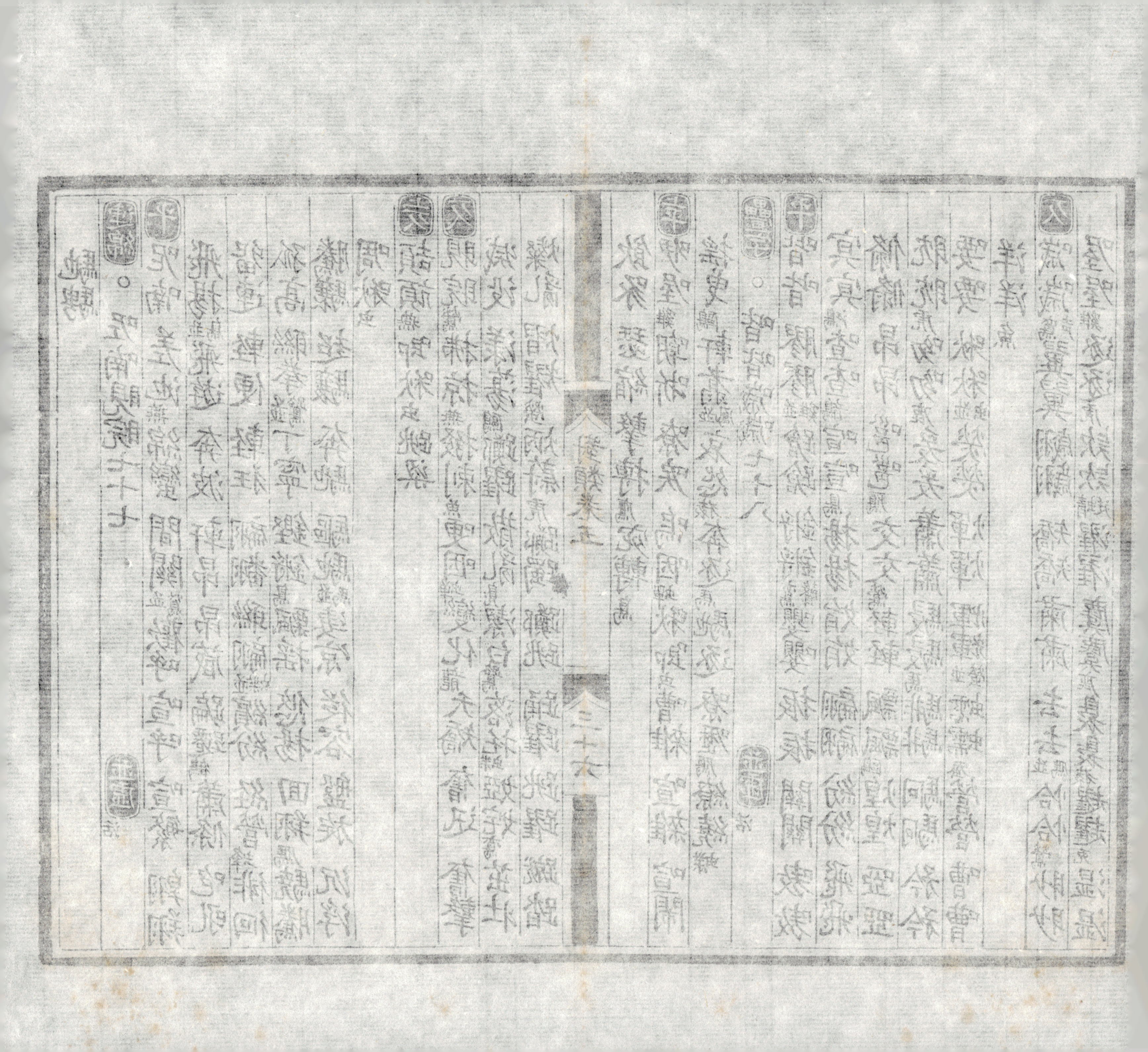

濈濈羊 汕汕 圉圉 潑潑並魚 泛泛鳧 栩栩蝶 嘖嘖雁 閤閤
戀戀蜂蝶 咽咽 嘒嘒蟬 熠熠 點點並螢
○鶯鶯燕燕七十九
【平】鶯鶯 猩猩記猩猩能言不離禽獸 虫虫 魚魚
【仄】燕燕 鹿鹿 鶴鶴 鴈鴈 鳳鳳【並實】
【三字】○獺祭魚鷹攫兔八十
【平】獺祭魚 獺敺魚 獺趂魚 馬化龍 魚化龍 鵾化鵬鯤
蛇作龍 烏作鸞 狗續貂 鷺窺魚 螳捕蟬 鼠食牛
鼠為鴽
【仄】鷹攫兔 鶯捎蝶 鶻打兔 豺祭獸 鹿為馬 犬攫兔
羊攻虎
○牧牛羊驅虎豹八十一

【平】牧牛羊 擁貔貅 夢熊羆 剸虎狼 竊馬牛 畜雞豚
集鴛鴻 化鵾鵬 戴貂蟬 侶魚鰕 祭鳶魚 息蛟螭
驅蛇龍 戮鯨鯢 求鳳凰 指鳥鸞 號狐狸 及昆虫
信豚魚 齧鼪鼯 如蜩螗
【仄】驅虎豹 友麋鹿 志鴻鵠 出虎兕 伐狐兔 厚狐貉
贄羔鴈 集鴛鷺 生蟣蝨 舞鰌鱔 持鷸蚌 賀燕雀
困螻蟻 擊鷹隼
○霜外猿雲間鴈八十二
【平】霜外猿 月中蟾 日中烏 雨中鳩 露中螢
【仄】雲間鴈 空中鴈 天邊鷹 風中燕 雨中燕 風中蝶
月中兔 霧中豹
○九霄鵬千里馬八十三

揚皃

平 九霄鵬 萬里鵬 千里駒 千歲龜 千里鴻 三足烏
三足蟾 一角麟 五德雞 五彩鸞 五花驄 兩部蛙
五總龜 十朋龜 六翮鵬
仄 千里馬 千里驥 千駟馬 五花馬 千歲鶴 五色鳳
雙飛鳳 兩行鴈 一班豹 九皐鶴 一角獸 二母彘
。北海鵬南山豹八十四
平 北海鵬 北山猿 上林猿 北溟鯤 上林鶯 西蜀鵑
仄 南山豹 西域馬 西塞鷺 中洲鳥 南海翠 上林鴈
東郭兔 中澤鴈
。巫峽猿楊州鶴八十五
平 巫峽猿 巴山猿 靈沼魚 松江鱸 葛陂龍 山陰鵝
雷澤龍 桃林牛

仄 楊州鶴 衡陽鴈 河東鳳 渥洼馬 山梁雉 冀北馬
華陽馬 太液鵠
。水中鷗沙上鴈八十六
平 水中鷗 水上鳧 谷中鶯 峽中猿 嶺外猿 沼中魚
池裏魚 海中鯨 井底蛙 水邊蛙 海上鷗 塞邊鴻
澤中鴻
仄 沙上鴈 湖邊鴈 沙上鷺 園中蝶 塞上馬 山中兔
池中鯉 庭外鶴 池上鳳 梁上燕 林中鳥
。魚躍淵鶯出谷八十七
平 魚躍淵 魚潛波 鯉翻波 龍躍淵 鷺起沙
仄 鶯出谷 猿宿嶺 鷗泛渚 鷥藏渚 鴻遵渚
。柳中鶯花裏蝶八十八

【平】柳中鶯　柳上蟬　草中虫　草間螢　花裏蜂　棘中鸞
木上猿　藻中魚　荷上龜　竹間鸞　枝上烏　柳外鶯
【仄】花裏蝶　花間蝶　梧上鳳　竹上鳳　松上鶴　芹邊燕
蘆邊鴈　花外燕　枝上鳥　花裏鳥　枝上鵲

○鴈銜蘆鶯擲柳八十九

【平】鴈銜蘆　鳳棲梧　鹿食苹　魚依蒲　魚動荷　蜂採花
蝶穿花　蝶護花　雀爭枝　鵲踏枝　燕蹴條
【仄】鶯擲柳　鶯織柳　鶯遷木　鳳棲竹　鸞棲棘　蟬噪柳
魚依藻　魚翻藻　魚戲荇　蜂粘絮　蠶食葉

○屋上烏堂前燕九十

【平】屋上烏　屋頭雞　釜中魚　韝上鷹　鏡中鸞
【仄】堂前燕　梁上燕　籠中鳥　屏間雀　几上肉

○吞舟魚負圖馬九十一

【平】吞舟魚　流屋烏　服轅駒　負圖龜
【仄】負圖馬　駭輿馬　儀韶鳳　立仗馬

○葉公龍馮婦虎九十二

【平】葉公龍　孔明龍　呂望熊　莊周鵬　望帝鵑　孟嘗雞
宋宗雞　卜式羊　蘇武羊　田單牛　丙吉牛　甯戚牛
張翰鱸　子產魚　武子螢　叔敖蛇　稚圭蛙　齊女蟬
海翁鷗　王喬鳧　右軍鵝　郅都鷹
【仄】馮婦虎　李廣虎　王謝燕　衛公鶴　莊周蝶　伯樂馬
蘇武鴈　鄭弘鹿　王祥雀　韓幹馬　楚王蛭　嵇紹鶴
陸機犬　裴旻虎

○鴈來賓鶯喚友九十三

平 鴈来賓 燕引雛 雉哺雛
仄 鶯喚友 梟傍母 鶯求友 鳩呼婦

○黑衣郎青裾女九十四

平 黑衣郎(猿) 雪衣郎(鸚鵡) 赤鯶公(鯉) 烏衣王(燕) 白額侯(虎) 黃褐侯
戴冠郎(雞) 黃化侯(鳩) 胡髯郎(羊) 先知君(龜) 決雪兒(鷹) 纈眼兒
仄 青裾女(鹿) 青弁使(蜻蜓) 綠衣使(鸚鵡) 金女婦 金衣子(鶯) 紅娘子
菜花子(蝶)

○玉蟾蜍金孔雀九十五

平 玉蟾蜍 玉麒麟 銀麒麟 石麒麟 玉鴛鴦 綉鴛鴦
錦鴛鴦 花蜘蛛
仄 金孔雀 玉蝴蝶 金獅子 銀螮蝀 木牛馬

○兩三行千萬點九十六

平 兩三行 兩三聲 百千聲 第一聲(鴈)
仄 千萬點 三兩字(鴈) 千百轉

○麟鳳龜龍雞豚狗彘九十七

平 麟鳳龜龍 犬豕牛羊 犬豕豺狼 鳳凰麒麟 鳥獸昆虫
鵰鶚鷹鸇
仄 雞豚犬彘 馬牛犬豕 虎豹犀象 鴻鴈麋鹿 鳥獸魚鱉
狐狸鰌鱔 羽毛齒革 牛羊犬豕 芻豢雉兔 熊羆貔虎
豺狼麋鹿

○孔明卧龍賈誼賦鵩九十八

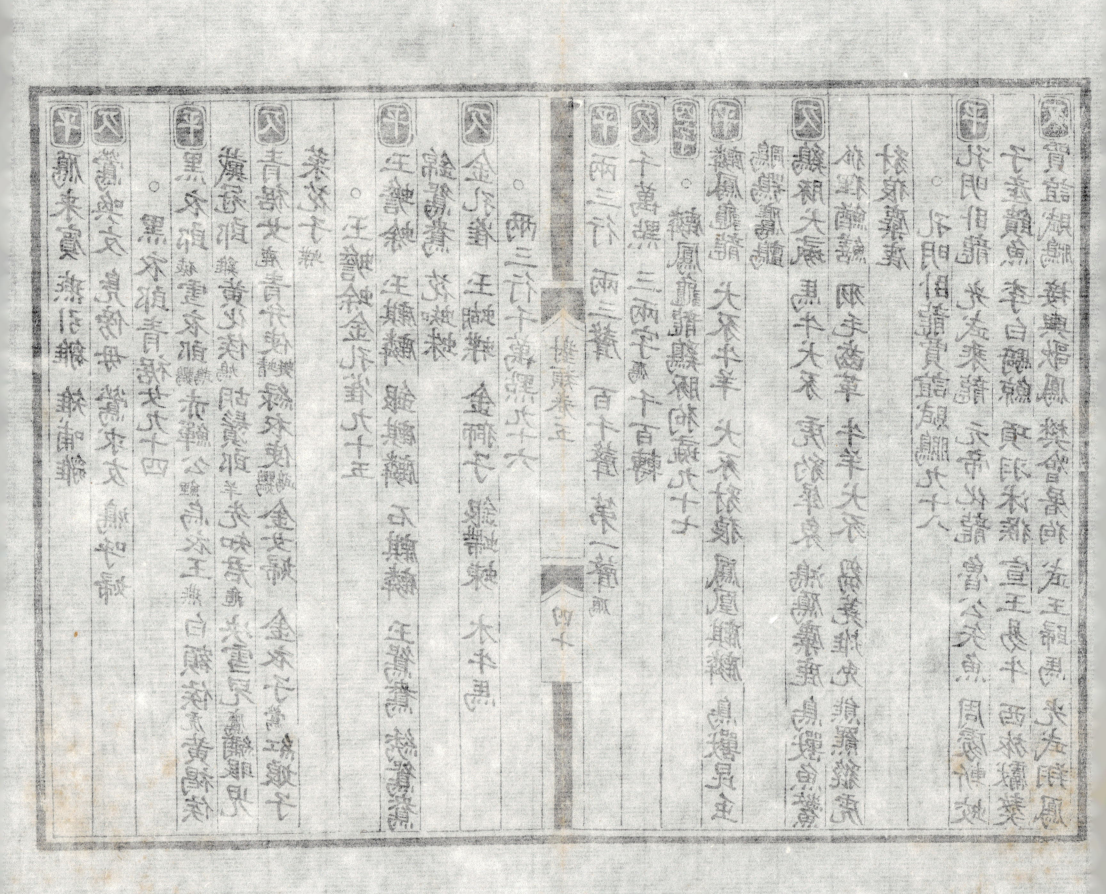

平 孔明卧龍 光武乘龍 元帝化龍 魯公矢魚 周處斬蛟
子產饋魚 李白騎鯨 項羽沐猴 宣王易牛 西旅獻獒
仄 賈誼賦鵩 接輿歌鳳 樊噲屠狗 武王歸馬 光武翔鳳

○鷺序鴉行蜂媒蝶使九十九

【平】鷺序鵷行　羊質虎皮　狼子野心　蝸角蠅頭　鼠目豺聲

龍駒鳳雛　鶴子鳬雛

【仄】蜂媒蝶使　獐頭鼠目　龍麟鳳翼　龍麟犀角　鼠肝虫臂

○浪蝶狂蜂落霞孤鶩一百

【平】浪蝶狂蜂　猛虎長蛇　宿鷺眠鷗　巨口細鱗　過鴈歸鴉

去馬來牛　乳虎蒼鷹　長鶴短鳬　妖禽孽狐　飛鳥伏菟

【仄】落霞孤鶩　浴鳬飛鷺　長蛇封豕　小魚鮻兎　珍禽奇獸

鳴鳩乳燕　遊蜂戲蝶　狡兎走狗　豐狐文豹　大鵬小鷃

○鶴怨猿啼龍吟虎嘯一百一

【平】鶴怨猿啼　虎嘯猿啼　燕語鶯啼　鼠竊狗偷　兎死狗烹

鴻去燕來　蟻集蜂衙　鶯老花殘　蝶困鶯慵　龍飛鳳翔

鵰化鵬摶　虎視龍超　獸舞鳳儀

【仄】龍吟虎嘯　烏飛兎走　龍盤虎踞　雞鳴犬吠　魚沉鴈杳

鳶飛魚躍　鸞翔鳳翥　猿啼鶴怨　鶯忙蝶懶　蜂屯蟻聚

燕嬌鶯姹　鷺来鷗聚　鵬摶鵰運

○歸馬放牛攀龍附鳳一百二

【平】歸馬放牛　斷鶴續鳬　用狗續貂　駕鳳騎鯨　捨魚取熊

戴蟬珥貂

【仄】攀龍附鳳　烹龍炰鳳　穿牛絡馬　服牛乘馬　鞭鸞駕鶴

攀鱗附翼

○非熊非羆如狼如虎一百三

【平】非熊非羆　非虎非貔　無牛無羊　維牛維羊　如熊如羆

有熊有貔　匪鶉匪鳶　為龍為蛇　為虺為蛇

仄 如狼如虎 有猫有虎 為牛為馬 為狗為鼠 為鼇為蚌
匪鱣匪鮪

○為淵敺魚守株待兎一百四

平 為淵敺魚 臨淵羨魚 緣木求魚 伏節牧羊 賣劒買牛
蹊田奪牛 治國烹鮮 拔劒斬蛇 絶筆獲麟 如棠矢魚

仄 守株待兎 為叢敺雀 賣刀買犢 按圖索駿 治民如牧

○鵬路翺翔龍門變化一百五

平 鵬路翺翔 魚水慇懃 鼠穴窺覘 豹霧韜藏 狐裘蒙茸

仄 龍門變化 龍雲慶會 鯤池踴躍 豹文明蔚 羔羊正直

○自去自來相親相近一百六

平 自去自來 載驅載馳 相近相呼 自沉自浮 且飛且鳴

仄 相親相近 相呼相喚 載飛載下 載飛載止 乍明乍滅

○赤弁丈人綠衣使者一百七

平 赤弁丈人 玄元丈人龜 長喙叅軍 玄元督郵龜

仄 綠衣使者 青頭道士鴨 金衣公子鶯 羽衣道士鶴 青弁使者
長鬚主簿羊 玄丘校尉狐 朱提男子 無腸公子蟹

○五馬一龍千乘萬騎一百八

平 五馬一龍 九牛一毛 千羊一狐

仄 千乘萬騎 百鷙一鶚 五雞二彘

對類卷之五

橋橋梁　墻築墻　垣垣墻　墉墻也　樞門戶樞　甎燒土為之　祠祠宇

城城郭　軒軒牕　宸天子所居　廂堂下廂

亥

殿殿中　陛堦陛　禁宮禁　壼宮壼　室內室　宇屋宇　府公相之居

宅家宅　屋舍也　宁門屏之間　舍市居　廈大室　廡廊廡　塾家塾

闕天子門曰絳闕　戶單門　牖在墻曰牖　闈內闈　闤市門曰闤　鑰關鑰　楯門樞

閣樓閣　閤小閨曰閤　檻木闌　館旅舍　店逆旅舍　邸店也　驛官舍

榭臺榭　廩倉廩　庫藏物舍　窖窖藏　監胄監　闥門屏間　校夏學

序殷學　泮州縣學　寺僧舍　剎寺也　院寺院道院　觀道觀　廟神廟

塔浮屠　肆市肆　鋪逾鋪　棟屋棟　第府第　桷椽也　栱承外斗曲木

壁屋障　堵壁堵　砌堦砌　礎柱下石　柱屋之立木　瓦土燒蔽雨夏桀時昆吾為之

學學校明倫之地

○高大第二

虛字　死

【平】高深高 深深邃 華粧飾 新新剏 重重複 幽清幽 明光明
虛空虛 空荒寂 閑閑靜 斜斜曲 踈踈窓 低矮也 頽頽弊
荒荒蕪 傾傾頽 危高危 芳美也 平坦平 長久長 層重也
清清潔 甲小也
【仄】大雄壯 峻高峻 傑高大 壯廣大 麗華麗 邃幽深 短低小
小甲小 廣宏廣 靜寂靜 曲屈曲 淨淨潔 疊重疊 斷斷垣
古甚久 老大也 厚積也 薄淡薄 窄窄狹 亮明也 細小也
巨巨大 曠曠遠 僻僻靜 陋甲陋 好美也 舊古也 闊廣闊
狹窄也 隘窄隘 爽清麗 敞高敞 險危險 破破碎 峭高峭

○閞閉第三　【虛字】活

【平】開門開 關關門 扃閉也 飛如飛 連相連 圍圍遶 遮遮蔽
垂垂下 臨臨近 依依倚 通通透 掀揭起 排排列 横架也
推推排 窺窺瞰 揺動揺 升升堂 登登臨 敲扣也 封封門

【仄】閉閉門 闢闢開 闔開闔 創創造 敞敞開 啓開啓 遶圍遶
倚依也 掃洒掃 拂拂除 掩閉也 蓋覆蓋 築卜築 構架造
枕枕卧 對對向 向對向 蔽遮也 合合就 鎖鎖閉 結結束
扣扣門 打打開 立創立 到 去 過 度
入 出 上

○樓臺殿閣第四　【實】

【字】【平】樓臺 亭臺 門庭 門闌 門屏 門閭 門關 門墻
閨門 閨房 房幃 房奩 軒窓 軒亭 軒楹 軒庭
宮庭 天庭 家庭 庭除 庭堦 庭闈 房櫳 簾櫳
簾幃 臺池 城池 城都 京都 京畿 朝廷 邦家
鄉閭 簷楹 朝堂 藩墻 垣墻 垣墉 倉箱 庖廚

比鄰 亭軒 閭閻 岩廊 橋梁
【上仄】殿庭 闕庭 户庭 室家 室廬 廟堂 廟朝 市朝
市廛 棟梁 里閭 國都 置郵 廟廊 户門 掖庭
【仄】殿閣 殿陛 殿宇 館閣 館舍 館驛 屋宇 屋宅
屋舍 宅舍 舍館 棟宇 寺宇 觀宇 院宇 院落
宅院 第宅 廩庾 帑庾 帑藏 府藏 府庫 學舍
學校 觀闕 閫奥 閫閾 限閾 鎖鑰 管鑰 店肆
店舍 柱石 户牖 閥閱 郡邑 市井 境土
【上平】宮掖 宮壼 宮禁 宮闕 宮苑 宮室 宮殿 官府
宮闈 樓閣 樓觀 樓宇 臺閣 臺榭 臺館 亭館
軒檻 欄檻 窗几 窗牖 窗户 庭户 門户 庭院
庭宇 庭館 家室 閨閤 房闥 齋館 齋舍 房舍

堂陛 廬舍 廊廟 廊宇 堂宇 堂奥 門徑 門路
扃鐍 扃鑰 堦砌 倉廩 倉庾 城市 城闕 城壁
墻壁 籬落 庠序 蓬蓽 圭蓽 囹圄 厨舍 庖湢
梁棟 榱桷 門闌 閨闥 池館 闤闠

○窗櫺柱礎第五 【並實】

【平】窗櫺 門扉 門樞 門臺 樓梯 宮墻 宮門 朝門
樓門 城門 輿梁
【上仄】屋梁 屋簷 屋楹 屋瓴 户樞 殿門 閣門 寺門
驛亭 驛樓
【仄】柱礎 屋棟 屋瓦 屋壁 屋柱 府第 閣道 辟堵
户扇 户限
【上平】門軌 門限 門閾 門鑰 門鼓 門紐 樓棟 橋棟

橋道 窓植 宮瓦 簷瓦 橋路 梁桄 窓隔 門扇

○闌干瑣闥第六

【平】闌干 招提 精藍寺 屠蘇庵 河梁 徒杠橋 罘罳 屏風 【並實】

皐比講席 蕭墻 周廬 胡床

【上仄】麗譙 舳艫 窔廖 罣罳 轆轤

【仄】瑣闥 砌石 略彴橫木橋也

【上平】蘭若 瓴甓瓦 函丈 方丈 闤闠

○高樓邃閣第七 【上虛死下實】

【平】高樓 危樓 崇臺 高臺 虛臺 平臺 危臺 荒臺

高堂 虛堂 空堂 深堂 華堂 幽堂 空亭 幽亭

虛亭 芳亭 閑亭 新亭 高亭 空庭 虛庭 幽庭

閑庭 芳庭 中庭 新居 幽居 閑居 華居 深居

高軒 幽軒 閑軒 香閨 芳閨 深閨 幽閨 深宮

清宮 空房 幽房 閑房 空堦 虛堦 幽堦 芳堦

明窓 虛窓 幽窓 閑窓 斜窓 橫窓 疎窓 疎櫺

幽扉 空櫺 虛櫺 閑扉 高扉 長門 高門 脩門

空門 幽扃 芳扃 虛廊 回廊 脩廊 長廊 橫廊

危欄 芳欄 幽欄 危簷 高簷 虛簷 幽簷 飛簷

頹簷 低簷 崇簷 低墻 危墻 橫墻 高墻 頹墻

高梁 橫梁 空梁 脩梁 疎籬 幽籬 平橋 長橋

名城 長城 崇城 崇墉 虛齋 高齋 幽齋 精廬 深闈

頹垣

【上仄】小樓 小亭 短亭 遠亭 曲亭 古亭 小庭 小軒

小臺 小堦 小椽 小門 小齋 小橋 短橋 斷橋

小欄　曲欄　小窓　曲窓　破窓　短墻　斷墻　曲墻
曲廊　廣居　舊居　故居　故家　故宮　古臺　敝廬
舊廬　故廬　矮窓　曲房　短椽　大廷　廣廷　短垣
敗垣　短簷　敗簷　曲欞　曲廬　矮簷
（仄）邃閣　傑閣　小閣　曲閣　廣殿　别殿　邃殿　秘殿
古殿　邃館　别館　靜院　小院　古院　邃宇　峻宇
大宇　廣宇　大廈　廣廈　小寺　古寺　遠寺　小檻
曲檻　靜室　巨室　密室　暗室　陋室　古屋　巨屋
矮屋　小屋　舊宅　故宅　敗壁　壞壁　故址　淨牖
古驛　古廟　曲戶　窓閣　傑棟　曲砌　古砌　曲榭
小榭
（平）深院　清院　幽院　深閣　香閣　幽閣　飛閣　高閣

芳榭　高榭　幽榭　高館　閑館　幽館　空館　虛館
華館　虛室　華室　幽室　芳檻　幽檻　踈牖　虛牖
幽砌　芳砌　橫砌　幽戶　芳戶　高棟　橫棟　幽寺
清寺　荒店　荒邸　芳驛　宏宇　堅壘　華屋　新屋
高屋　精舍　華廈　虛院

○層樓疊閣第八　與前高樓邃閣通用　（上虛）死（下實）

（平）層樓　層臺　重樓　重門　專門　端門　多門　重闕
重闈　重堂　重簷　層簷　重城　層城　層堦　層軒
重廊　重堦　孤亭　孤城　孤窓　重扉
（仄）半樓　半亭　半廊　半窓　半庭
（仄）疊閣　疊屋　複道　疊棟　疊砌　疊瓦
（平）重屋　孤室　孤寺　孤店　孤館　同寺

○樓高閣峻第九　〔上實〕〔下虛〕死

〔平〕樓高　樓低　樓空　樓深　樓虛　亭虛　亭空　亭高
亭深　亭幽　臺高　臺荒　欄高　庭空　庭幽　庭虛
庭荒　牕明　牕虛　牕踈　牕横　牕斜　牕閑　欄低
城高　庭寛　庭深　欄高　門深　門閑　閨深　閨幽
簷高　簷低　簷虛　堦空　堦閑　軒空　軒幽　宮深
宮幽　廊回　廊深　橋平　橋長　橋横　墻高　墻低
籬空　籬踈　堂高　堂虛　堂空　堂深　堂幽　齋虛
〔上仄〕戸幽　戸深　室虛　院深　屋深　室深　院幽　寺幽
寺深　寺荒　棟高　棟横　牖明　牖踈　榭高　砌幽
〔仄〕閣峻　閣小　閣静　院静　院小　院僻　院悄　寺小
寺古　寺僻　寺静　寺悄　寺寂　檻曲　檻小　殿小

屋小　屋老　屋矮　室邃　室静　牖静　戸悄
〔上平〕樓小　樓静　樓峻　樓闊　亭小　亭悄　庭静　庭敞
庭寂　庭悄　欄曲　欄小　門静　門僻　門寂　門邃
牕静　牕破　牕小　簷短　簷矮　堦悄　亭古　墻短
籬短

○樓前閣上第十　與地理門山前水上互用　〔上實〕〔下虛〕死

〔平〕樓前　樓中　樓間　樓頭　樓邊　宮中　宮前　亭中
亭邊　亭間　亭前　臺前　臺邊　臺中　庭中　庭間
庭前　庭邊　庭皐　庭隅　堦前　堦邊　堦傍　牕前
牕邊　牕中　牕間　堂中　堂前　堂邊　門中　門前
堦中　房中　閨中　齋中　筵中　筵前　齋間　簷前
簷邊　簷間　欄邊　欄中　欄前　軒中　軒前　家中

梁間　橋邊　墻邊　廳前

【上仄】禁中　戶中　府中　苑中　寺中　寺前　寺邊　座中
座前　座隅　閣中　閣前　閣邊　檻中　檻邊　檻前
殿中　殿前　牖間　牖前　砌邊　砌傍　砌間　壁間
舍間　舍傍　屋傍　屋前　驛中　院中　館中　壁中
架前

【仄】閣上　閣下　閣內　閣外　閣裏　閣畔　殿上　殿下
殿內　禁內　檻內　檻裏　檻外　檻側　牖內　牖外
牖下　舍下　舍側　舍畔　戶外　戶內　屋上　屋下
屋裏　壁上　瓦上　座上　砌上　砌畔　砌側　寺裏
院裏　院內　院外　驛畔　架上　架下　座側　座末
館內　館下

【上平】牕內　牕裏　牕外　牕下　牕上　牕畔　牕後　宮裏
宮內　宮外　朝內　朝外　亭內　亭上　亭外　亭畔
亭下　庭內　庭下　庭外　庭上　庭畔　樓上　樓下
樓外　樓畔　臺上　臺下　臺畔　臺後　堂上　堂下
堂內　堂裏　堦上　堦下　堦畔　堦側　軒內　軒外
橋上　橋下　橋側　欄內　欄外　欄畔　簷外　簷際
墻上　墻下　墻外　墻畔　墻裏　門內　門外　門裏
梁上　城上　城裏　城外　閨裏　廊下　廊側　街上
墀上　墀下　齋內　齋外　簷下

○樓頭屋角十一（與地理門山頭水面同用）【並實】

【平】樓頭　樓心　簷頭　廊腰　廊頭　墻頭　墻根　墻腰
門頭　堦心　庭心　亭心　橋頭　城頭　欄腰　簷牙

上入 屋頭 棟頭 閣心 柱根 塔頭

入 屋角 殿角 柱角 檻角 砌角 瓦角 瓦面 砌面

甓面 屋脊 棟尾 塔尾 塔頂

上平 簷角 樓角 墻角 欄角 庭角 亭角 城角 牎角

牎面 牎眼 堦面 牎背 梁背 橋首 門首 街尾

○ 侵軒遶戶十二 與天文門當樓入戶互用 上虛 活 下實

平 侵軒 當軒 臨軒 侵牎 當牎 臨牎 穿牎 遮牎

橫牎 臨門 當門 依樓 侵樓 臨庭 當堦 當庭

侵堦 臨堦 沿堦 侵簷 經簷 寒日經簷短 當簷 巡簷

齊簷 依橋 依堂 杜野外堂依竹

上入 透牎 隔牎 遶牎 傍牎 拂牎 打牎 夾牎 遶欄

倚欄 出欄 拂簷 蔽簷 遶簷 碍簷 綴簷 掛簷

刺簷 傍簷 映堦 遶堦 上堦 傍堦 對門 擁門

遶庭 遶梁 傍墻 出墻 一枝紅杏出墻來

入 遶戶 拂戶 對戶 倚戶 拂檻 遶檻 倚檻 隔檻

卧檻 出檻 俯檻 透檻 映閣 遶閣 倚閣 傍砌

拂砌 映砌 遶砌 遶舍 遶殿 遶屋 隔屋 隔牖

映牖 透牖 拂牖 入座

上平 臨砌 依砌 連砌 依檻 連檻 臨檻 當戶 琴清月當戶

穿戶 遮戶 臨戶 依戶 穿牖 當牖 侵牖 橫牖

依寺 遮寺 穿辟 舍下箏穿辟 排闥 詩兩山排闥送青来

○ 盈庭滿座十三 與地理連山遍野互用 上虛 死 下實

平 盈庭 充庭 充閭 盈階 盈軒 盈牎 盈門 盈樓

盈床 盈欄 盈臺 連甍 連墻 填門 填街

㠔麗卷六

【上仄】滿庭　滿樓　滿牎　滿床　滿堂　滿軒　滿亭
滿城　滿門　滿堦（宮葉滿堦紅不掃）　遍欄　塞欄　遍城
【仄】滿座　滿院　滿檻　滿架　滿壁　滿牖　滿室　滿砌
遍室　遍砌　比屋　滿屋　塞巷
【上平】連屋　盈院　盈檻　盈戶　盈室　盈牖　盈閣　充棟
連砌

○繩樞　繩樞甕牖十四
【平】繩樞　繩[illegible]　桑樞　樓船　樓居　巢居　【並實】衡門　舟梁
柴門　旗亭　輿梁
【上仄】土堦　澤宮　華門　華宮　竹樓
【仄】甕牖　棧道　斧扆　斗室　板壁　土庫　閣道　石室
藻梲　土室

【上平】圭竇　山節　衡宇
【[illegible]】○風亭月樹十五（與天文星房月殿互用）【並實】
【[illegible]】風亭　風牎　風櫺　風扉　風簷　風堂　風臺　風軒
風廊　雲亭　雲牎　雲闌　雲臺　雲軒　雲居　雲門
雲房　霜臺（御史臺也）　霜亭　霜橋　霜簷　雲堂　冰簷
冰廚　蟾牎
【上仄】月樓　月牎　月軒　月堦　月簷　月臺　月城　月亭
月庭　月櫺　月堂　日軒　日塼（日過八花塼）　露橋　露牎
雨牎　雨簷　雨樓　雨堦（夜雨滴空堦）　雪牎　雪樓　雪齋
雪橋　雪堦　雪城　雪堂
【仄】月榭　月牖　月砌　月戶　月屋　月館　月店　月地
月檻　雪牖　雪砌　雪扆　雪瓦　雨砌　雨檻（雨檻卧花叢）

慬籀卷六

大人

雨屋

【半實】雲關 雲寺 雲棟 風閣 風殿 風牖 風榭 煙檻

煙關 天關 天宇 雲寺 煙寺 霜宇 霜屋 霜瓦

冰舍 冰室 雲閣

○飛雲得月十六 【上虛下實】活

【平】飛雲 連雲 凌雲（並閣） 齊雲（樓） 凌空 緣空（並閣） 行空（阿房賦複道行空）

凌煙 生風 凌風 延飈（並風閣） 鋪霜（瓦） 橫空（樓）

【上仄】摘星 倚天 拂雲 近天 近星 落星（並樓）

【仄】得月（近水樓臺先得月） 拗月（杜斜窗拗明月） 漏月 轉月 架漢 轉日

曬日 隱霧（城） 滴雨（堦） 濕露

【上實】推月（閉門推出月） 延月（樓）

【時令】○春臺曉閣十七 【並實】

【平】春臺 春亭 春庭 春閨 春闈 春堂 春城 春軒

春宮 春堦 春樓 春牕 晨牕 晨樓 晨扉 秋亭

秋庭 秋牕 秋樓 秋閨 秋闈 秋堂 秋堦 秋城

秋房 秋臺 秋軒

【上仄】曉亭 曉牕（曉牕分與讀書燈） 午牕 夜牕 夏牕 曉樓 晚樓

曉城 曉簷 晚簷 曉庭 晚庭 曉軒 晚軒 夜軒

夜扉 夜庭 夜臺 暮城 午橋 晚牕 暮牕

【仄】曉閣 晚閣 夏閣 夏殿 曉殿 夏館 曉館 夜館

曉寺 晚寺 曉檻 曉砌 曉院 午院 晚院 曉戶

夜戶 午殿 夕殿

【上實】春閣 春院 春檻 春寺 春殿 春館 春苑 秋院

秋寺 秋廩 冬閣 朝檻

。涼臺暖閣十八 【上平實】【下實】

【平】涼臺 涼亭 晴牕 晴軒 晴簷 寒簷 寒牕 寒軒

寒扉 寒堦 寒城 寒門 寒家

【去】暖牕 暖房 冷宮 冷扉 暖扉

【入】暖閣 暖室 燠館 燠室 冷室 漏室 暗室 冷舍

【上平】寒舍 寒館 寒砌 寒閣 寒牖 涼殿

。樓涼閣暖十九 【上實】【下半虛】

【平】樓涼 亭涼 軒涼 樓寒 堦寒 牕寒 牕晴 牕暄

牕涼 齋寒

【去】砌寒 砌涼 殿涼 閣涼 牖明

【入】閣暖 閣爽 瓦冷 砌冷 礎潤 室暗 屋漏

【上平】亭爽 亭冷 堦冷 牕冷 牕暖 牕曙 軒暖 簷凍

庭濕樓爽

【地理】。江樓水閣二十 【並實】

【平】江樓 溪樓 邊樓 城樓 山亭 江亭 池亭 溪亭

湖亭 林亭 岩亭 郵亭 山家 田家 村家 村居

山居 林居 岩居 溪居 溪庄 山庄 山齋 山扉

山房 山城 山門 山堂 山牕 江城 邊城 山樓

林軒 池軒 江橋 溪橋 山橋 村橋 溪堂 山庵

郊扉

【去】水亭 野亭 驛亭 渚亭 水樓 驛樓 郡樓 塞樓

市橋（市橋官柳細） 市居 巷居 野居 洞房 洞門 水軒

水牕 石城 野橋

【入】水閣 渚閣 水殿 水榭 水檻 水驛 水館 野館

驛館 驛舍 驛路 野寺 野店 堠館 石室 市肆

〔上平〕山館 村館 溪館 池館 江館 林館 江閣 池閣

溪閣 山閣 山市 山寺 林寺 江寺 村寺 山店

村店 村郵 村舍 村檻 田舍 山驛 溪驛 江檻

津堠 館府

○依岩傍水二十一（與地理臨堤夾山岸互用）〔上虛〕活〔實〕

〔平〕依岩 依山 臨山 臨江 臨溪 臨流 依村 浮河

通村（小徑曲通村）

〔上仄〕俯江 漾江 俯溪 面溪 面山 倚山 傍山 瞰山

面陂 卧波 瞰溪

〔仄〕傍水 架水 跨海 近水 瞰水 映水 俯渚 傍石

背郭 負郭

〔上平〕鄰石（江閣鄰石面） 臨渚（滕王高閣臨江渚） 連苑（古詞小樓連苑橫空）

〔花木〕○梅牕柳院二十二〔並實〕

〔平〕梅牕（梅影橫窗瘦） 松牕 蓬牕 花牕 松亭 蘭亭 茅亭

梅亭 花亭 松軒 梅軒 花軒 楓宸 松扉 柴扉

荊扉 柴扃 柴關 松關 松門 柴門 蓬門 花堦

蘭堦 苔堦 蓂堦 茅庵 茅齋 茅堂 茅廬 茅簷

萱堂（萱草北堂母堂也） 蘭堂 蘭宮（省闥曰蘭宮） 蘭臺 蘭庭 蘭房

椒房（皇后房曰椒房） 芝房 芝庭 蓬樞 梅庄 花庄 花庭

花城 花封 花塼 花欄 花樓 花龕 花扉 花臺

梅臺 桑樞（原憲居魯環堵之室桑樞瓮牖） 芹宮 薇垣 茅衡 槐庭

三公位也

〔上仄〕棘闈（貢院中設棘門） 藥堦 藥欄 竹樓 竹亭 竹堂 竹軒

竹齋 竹門 竹牕 竹橋 竹籬 柳營 柳亭 柳橋
菊籬 桂軒 棣樓 柏臺 華門 華宮 杏壇 草堂
草庭 草牕 草廬 草扉 草亭 草軒 草庵 草堦
〔仄〕柳院 柳榭 柳檻 柳巷 竹巷 竹屋 竹戶 竹寺
竹閣 草舍 草屋 藥院 藥省 菊院 竹院 桂闕
桂殿 草砌 蘚砌 藻棁
〔上平〕花榭 花檻 花巷 花館 花院 花屋 花掖 花砌
萱砌 蘭砌 苔砌 蓂砌 蘭省 薇省 梅閣 梅室
蘭室 芝室 松室 松闕 芝宇 楓陛 槐府 蘭殿
椒壁（皇后房） 芸閣 芸館 蓮社 松室 茅屋 茅舍
茅店 茅宇 茅棟 蓬戶 蓬壁

○誅茅結草二十三 〔上虛 活 下實〕

〔平〕誅茅 生蘭 生苔
〔上仄〕植槐 種葵 種棠 臥花 蔭茅 浣花
〔仄〕結草 種竹 接葉 種菊 植菜 植果 插柳
〔上平〕存菊 依竹 栽竹 栽柳

○長楊細柳二十四 〔並實〕

〔平〕長楊（館） 芙蓉（殿）
〔上仄〕柏梁（臺） 蘂珠（宮）
〔仄〕細柳（營） 蕙草（前漢殿名）
〔上平〕花萼（樓） 荷葉（亭）

〔禽獸〕○龍樓鳳閣二十五（與禽獸門蜂房燕壘互用） 〔並實〕

〔平〕龍樓 龍庭 龍門 龍墀 龍宮 龍池 龍山 鰲山
鷄牕 螢牕 蟾宮 蝸廬 鸞庭 鸞幃 鸞臺 烏臺

鴛闈 虹工橋 虹梁

上仄 鳳樓 鳳庭 鳳城 鳳臺 鳳幃 鳳池 鴈門 鹿門

馬門 虎門路寢門外畫虎 虎闈 蜃樓 蟻城 蟻宮 燕樓

雉門記天子雉門 燕堂 燕梁 鵲橋 鹿臺 雀臺 馬臺

鱣堂 豹關 虎關

仄 鳳閣 鳳闕 鳳沼 象闕 兎闕 虎衛 虎殿 虎柙

燕厦 燕寢 鴈塔 鴈宅 雉堞 象魏

上平 麟閣 鸞閣 龍闕 蟾闕 蟾苑 螭陛 烏府 熊館

牛渚 鴛瓦 蝸舍 蝸室 蛟室 鵶室 蠶室

○ 鴛鴦孔雀二十六 並實

平 鴛鴦瓦 麒麟閣

上仄 鳳凰李白鳳凰臺上鳳凰遊 杜鵑亭名

仄 孔雀屏 螮蝀橋 屬玉觀名

上平 鳷鵲觀

○ 金鸞鐵鳳二十七 並實

平 金鸞 黃龍並殿

上仄 玉龍觀 碧鷄坊

仄 鐵鳳閣 白虎殿

上平 金馬門 丹鳳樓

○ 棲鸞戲馬二十八 上虛 活 下實

平 棲鸞 聞鷄窓

上仄 蹋虹橋 卧龍室

上仄 戲馬臺 度馬橋 集鳳臺 語燕梁 射雀屏

上平 棲鳳庭 羅雀門 乘駟橋

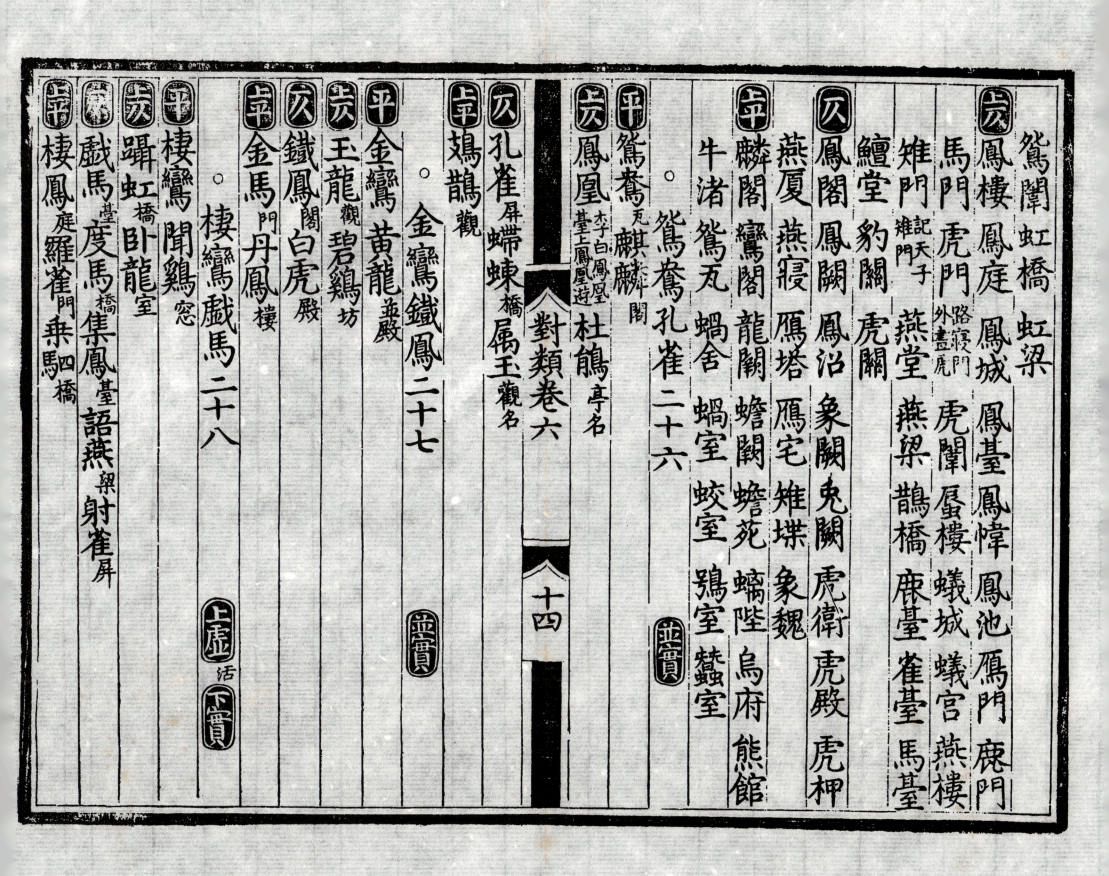

〇魚鱗鳥翼二十九

【平】魚鱗瓦 虹腰橋 蝸形廬

【去仄】象牙床

【入】鳥翼簷 翠羽簾

【平】鯨背橋 螭吻瓦獸

【並實】

〇朱樓翠閣三十

【平】朱樓 紅樓 青樓 丹墀 彤墀 彤庭 青宮 朱欄

紅欄 雕欄 雕墻 紅墻 雕簷 朱簷 紅橋 紅牎

丹楹 雕楹 雕梁 朱門 紅門 青門 黃門 華堂

黃堂太守堂曰黃堂 華榱 清朝 清臺 烏臺 朱扉 丹扉

黃扉 黃庭 朱甍 青城

【上實】【平實】

【上仄】紫宸衣冠拜紫宸 紫垣 紫樞 紫墀 絳墀 紫闥 綠牕

碧牕 綠牕 粉牕 綉牕 翠樓 綠樓 畫樓 彩橋

畫堂 畫橋 畫欄 翠欄 畫梁 畫簷 綉墻 粉墻

彩椽 粉門

【仄】翠閣 畫閣 紫閣 彩閣 絳闕天子之門也 絳闥 紫闥

紫禁紫禁正耐烟花處 紫府 紫館 綠牖 素牖 翠戶 綺戶

畫棟畫棟朝飛南浦雲 綠棟 翠檻 碧檻 綠檻 彩檻 碧瓦

翠瓦 翠館 白屋 白壁 粉壁 素壁 畫壁 粉堞

碧棟 紫殿

【上平】丹閣 黃閣丞相廳曰黃閣 朱閣 丹陛 丹禁 青禁 朱禁

青瑣 青閣 朱檻 青檻 雕檻 紅檻 朱戶 朱棟

朱闕 清牖 黃屋天子居曰黃屋 丹闕

【上實】【平實】

〇樓紅牖綠三十一

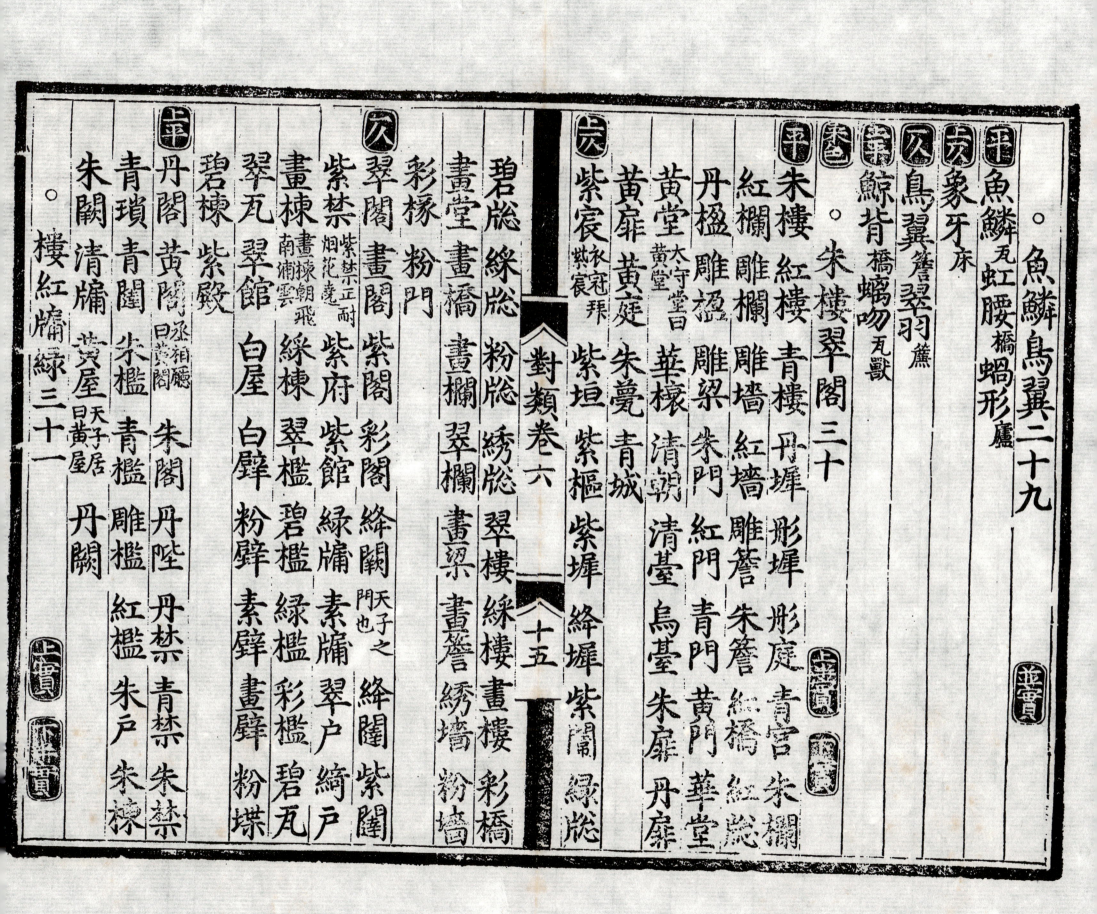

【平】樓紅　橋紅　牕紅　牕青

【上仄】閣丹　檻紅

【仄】牖綠　室白　瓦碧　棟碧　檻碧　棟畫

【上平】牕白　牕碧　牕綠

○塗朱飾翠　三十二　與聲色施朱傅粉互用　【上虛】活　【下半實】

【平】塗朱　塗丹　書惟其塗丹雘　流丹　滕王閣序飛閣流丹　粧青　描青　鋪青

粧朱　施朱　粧紅　描紅

【上仄】鏤青　飾青　間紅　間朱　漆青

【仄】飾翠　刷翠　鑿翠　杜鑿翠開戶牖　抹綠　畫綠　飾綠　傅粉

抹粉　抹紫　刷綠　間白　點翠　漆碧　抹翠　間粉

【上平】粧綠　塗紫　鋪翠

○樓陰瓦影　三十三　【上實】　【下半實】

【平】樓陰　城陰　亭陰　墻陰　橋陰　簷陰　門陰　櫺陰

欄陰　宮陰　窗陰　窗輝　梁塵　簷光

【上仄】牖光　隙光　壁光　瓦陰　閣陰　殿基　屋基　塔陰

【仄】瓦影　瓦影龜魚蔭　塔影　閣影　舍影　棟影　棟彩　廈蔭

瓦蔭　瓦縫

【上平】樓影　簷影　橋影　亭影　門影　窗影　欄影　簾影

簷蔭　庭彩

○金門玉殿　三十四　【並實】

【金】【平】金門　宮殿門以金飾　金閨　金扉　金墀　金堦　金房　金臺

金城　金楹　金屏　銀屏　紗厨　紗牕　瓊臺　瑤臺

珎臺　瑤階　瓊階　瑤宮　瓊宮　珠宮　琳宮　瓊樓

珠樓　珠簾　璇題　銅闕

上去　玉堂　玉門　玉樓　玉闌　玉階　玉墀　玉題　玉臺
玉欄　玉牕　綉牕　綺牕　瑣牕　綺樓　綵樓　綵庭
錦宮　錦城　錦堂　綉甍　綉閨　綉扉　綉筵　綺筵
玳筵
仄　玉殿　玉陛　玉闕　玉宇　玉戶　玉砌　玉檻　玉柱
鐵柱　鐵壁　寶殿　寶閣　綺閣　綉閣　綉戶　綺戶
綵檻　綵屋　綉屋　瑣闥　貝闕　石室　幕府　錦砌
綺檻
上平　金闕　金屋　金鑰　金剎　銀屋　瑤屋　瑤闕　瓊闕
銀闕　珠殿　珠箔　瓊室　瓊館　瑤砌　琳琯　鈴閣
銅柱　銅瓦　金殿

並實

○書牕酒肆三十五

平　書牕　書樓　書齋　書房　文房　琴牕　詩牕　吟牕
燈牕　琴臺　騷壇　琴堂縣治曰琴堂　詩壇　詩家　詩庭
歌臺　歌樓　粧臺　粧樓　歌筵　旗亭　郵亭　雩壇
烽樓　譙樓　譙城　譙門　禪關　禪床　禪林　禪龕
禪房　歌窗　書堂
上去　酒樓　酒亭　酒家　酒筵　酒壚　舞筵　舞堂　釣臺
樂亭　樂樓　鼓樓　戍樓　綉牕　綉床　禮庭　試闈
仄　酒肆　酒閣　酒店　酒市　舞榭　射圃　祖帳　樂廟
試院　武庫　梵宇
上平　書府　書館　書閣　書室　書舍　書院　書案　書庫
書社　詩社　吟社　丹室　琴室　經閣　香閣　粧閣
歌榭　歌館　書牖　茶肆

[人物]

○秦樓楚榭三十六 [並實]

[平] 秦樓(秦女弄玉吹簫於樓上故曰秦樓) 秦宫(阿房) 秦城 秦關 秦京 堯階

堯庭 堯朝 堯都 堯墻 堯衢 虞庠 周庠 周家

唐家 吳宫 吳門 膺門 于門 陶門 韓門 韓堂

韓牕 莊廬 燕臺 陶籬 顔齋 蕭齋

[上仄] 孔門 孔墻 孔壇 孔庭 舜庭 舜廊 舜門 舜朝

魯宫 漢宫 漢臺 漢關 漢庭 孔堂 庾樓(庾亮乘月登樓)

楚臺 楚宫 楚樓 禹門 謝庭 葛廬 宋牕(宋宗雞窓)

孟鄰 孟廬 愈門 鯉庭

[仄] 楚榭 楚館 楚苑 漢殿 漢苑 漢室 晉室 宋室

孔室 孔宅 孔廟 孔辟 舜殿 謝砌 漢闕 魏闕

鄭驛 夏校

[上平] 堯殿 堯屋 堯陛 堯室 唐殿 唐室 唐閣 唐館

梁苑 隋苑 秦苑 游室 滕閣 顔巷 顔寢 陶宅

瑜宅(周) 王宅 雄宅 周室 孫戶 蕃室(陳)

○皇家帝闕三十七(與地理皇州帝里互用) [並實]

[平] 皇家 王家 侯家 仙家 儒家 僧家 農家 漁家

樵家 官家 皇朝 王朝 王宫 皇宫 皇居 儒宫

仙宫 君門 王門 侯門 儒門 公門 師門 天門

都門 賢關(太學也) 禪關 禪房 禪龕 仙房 僧房

僧寮 僧堂 王庭 天庭 公庭 宸庭 宫闈 文闈

文臺 賓筵 賓墀 賓堦 郵亭

[上仄] 帝城 帝庭 帝居 帝閣 相門 將門 聖門 御樓

御園 禁園 禁庭 禁闈 士闈 省闈 禮闈 佛家

道家 將壇 梵壇 梵宮 驛庭 客亭 旅亭 戍樓
妓樓 女墻 翰林
（仄）帝闕 帝室 帝殿 帝苑 帝學 禁闕 禁闥 禁苑
禁籞 御苑 御闕 御殿 將闕 將辟 帥閫 相府
仕路 佛寺 佛刹 佛舍 佛殿 客肆 客舍 客店
客邸 客館 旅館 旅邸 驛舍 驛館 堠館 妓館
道院 翰苑 戚里
（上平）天闕 天陛 天禁 天室 王室 王府 王國 王土
公室 公館 賢巷 賢路 妃殿 妃閣 官舍 官府
儒學 儒館 賓館 甥館 仙府 仙館 僧舍 僧院
僧寺 農舍 樵舍 漁舍 漁市 軍壁 軍壘 戍壘
人境陶結廬在人境 神闕

。披香太液三十八 （並實）
（平）披香 金鑾 含章 昭陽 明光並殿 連昌 蓬萊並宮 通天臺
甘泉宮 章華臺 凌烟閣 阿房宮 瀛洲仙境 姑蘇臺 承明廬 弘文館
慈恩寺 朝元殿 精思亭
（上仄）石渠閣 集賢 集英並殿 未央 建章 大明 九成並宮
（仄）太液 積翠並池 太極殿 慶善宮 五鳳樓
（上平）華萼 勤政並樓 長樂 仁壽並宮
（人事）。登樓入室三十九 （上虛 活 下實）
（平）登樓 登臺 登堂 登門 開門 敲門 闔門 升階
升堂由也升堂 垂堂 開堂 凭欄 憑欄 辭樓 辭家
歸家 離家 乘橋 題橋 趨庭記他日趨庭 掀窓 推窓
開窓開窓放明月 閑聽

【上去】起樓 上樓 下樓 倚樓 倚門 出門 入門 過門
俟門（歸去來辭稚子候門）掃門 扣門 掩門 閉門 倚欄 倚閭
倚廬 結廬（結廬在人境）臥廬 掩扉 創亭 築臺 度關
入關 立橋 度橋 上橋 去家 到家 過庭 步庭
肯堂 上堂 倚墻 倚牕 啓牕
【仄】入室 入閣 入戶 上殿 下殿 折檻 俯檻 啓戶
掩戶 閉戶 闔戶 闢戶 敞戶 鑿牖 啓牖 問舍
築舍 築室 卜室 卜宅 治宅 治第 鑿壁
【上平】歸院（歸院柳邊迷）歸寺 題柱 開戶 推戶 扃戶 開閣
開牖 排闥（兩山排闥送青來）
○牕開戶掩四十 【上實】【下虛】活
【平】牕開 牕扃 門開 門依 門關 門扃 樓開 樓依

樓遮 樓飛 樓空 橋橫 橋飛 橋依 軒臨 軒開
堂開 堂依（野外堂依竹）亭依 臺依 欄遮 欄圍 墻圍
墻遮 簷垂 簷飛 甍飛 甍連 牕橫
【上去】閣開 閣臨 檻臨 檻依 檻圍 檻連 戶扃 戶開
戶關 戶推 牖開 牖臨 棟飛 棟連 院扃 瓦排
瓦鋪
【仄】戶掩 戶閉 戶啓 戶敞 戶闔 戶瑣 戶列 閣睽
閣瞰 閣對 閣聳 檻遶 檻接 檻俯 檻瞰 瓦接
瓦矗 瓦蔭 瓦蓋 瓦鮮 牖敞 砌敞 砌接 棟接
【上平】門對 門掩 門閉 門鎖 門闢 牕掩 牕閉 牕啓
牕對 屏掩 屏展 軒敞 堂敞 亭敞 亭創 亭瞰
亭俯 闌遶 欄護 樓倚 樓枕 樓礙 樓對 樓睽

簷接 簷蓋 籬遶 墻遶 墻累

○居高養拙四十一

平 居高（仲夏居高明） 侁高 臨高 臨清（歸去辭臨清流而賦詩） 上虛 活 下虛 死 尋幽

仄 居安 通幽

上仄 掃寬 掃平

仄 養拙（杜養拙蓬爲戶）

上平 尋勝 藏密 居陋 眺遠 望遠 卜築

○棲遲出入四十二

平 棲遲（衡門之下可以棲遲） 行藏（杜行藏獨倚樓） 登臨 經營 並虛 活

上仄 詠言 往來

仄 出入 倚徙 偃仰 創造 整葺 整理 眺望 結束

仄 笑傲（陶笑傲東軒下） 剥啄

上平 開闔 修葺

○誰家爾室四十三

平 誰家 吾家 君家 他家 伊家 他門 誰門 吾門 上半實 下實

吾廬 吾亭 吾鄰 斯樓 斯堂

上仄 我家 汝家 故家 此廬 此亭 此樓 此堂 彼疆

此門 彼門

仄 爾室 我室 此室 此屋 我闔 此處 彼處 甚處

是處 底處 爾處

上平 誰室 他室 吾室 何處 他處

○無門有室四十四

平 無門 無家 無梯 無橋 無階 上虛 死 下實

上仄 有家 有庭 有樓

仄 有室 有路 有地 有限 有隙 有舍
上平 無路 無地 無鎖（洞門無鎖鑰） 無限 無隙 多地 無鑰
○ 南樓 北閣 四十五 上平虛 下實
平 南樓 東樓 西樓 東牕 西牕 南牕 東軒 西軒
南軒 東階 西階 南階 前階 東堂 西堂 南堂
中堂 東廊 西廊 南廊 東廂 西廂 前簷 前廊
東門 西門 南門 東臺 西臺 南臺 東城 南城
西城 東鄰 西鄰 東亭 南亭 西亭 西廂 西廳
東宮（太子宮） 南宮（省院） 東廳
上仄 北樓 北堂 後堂 北宮 後宮 左扉 上庠 内朝
外朝 北牕（陶清風北窗下） 北門（北門視草）
仄 北閣 北闕 北殿 北牖 北舍 北戶 外戶 左掖

右掖 内禁 上棟 下宇 後院
上平 西掖 東掖 南省 西省 南館 西館 東館 東塾
西塾 東閣（東閣官梅動詩興） 東觀 東壁 前殿 前廡
方隅 ○ 樓東 舍北 四十六 上實 下平虛
平 樓東 樓西 廊西 廊東 堦南 牕西 牕東 牕南
亭西 簷東 簷西 城東 城西 城南 橋東 橋西
籬東 堦西 墻東 墻西
上仄 舍東 舍南
仄 舍北（杜雲生舍北泥） 牖北 寺北 院北 座右 座左 掖左
屋北 屋後
上平 亭北 城北 簷左 堦左 樓北 門左 門右 窗北
數目 ○ 千門萬戶 四十七 上虛 死 下實

平 千門（杜江頭宮殿瑣千門） 三門 雙門 千家 三家（三家之市） 千樓
孤樓 三宮 三階 千倉 雙扉 孤扉 雙亭 孤亭
孤城 孤牕
上仄 一牕 半牕 兩牕（兩牕君子竹） 八牕 四牕 一門 四門
五門 一宮 兩宮 六宮 一家 五家 八家 十家
百家 萬家 二家 一櫺 一軒 兩軒 一階 兩階
一樓 半樓 萬闠 一庭 一臺 一亭 一堂 一城
十城 百城 四關 九關 九街 兩楹 八磚（日過八花磚）
兩鄰 四鄰
仄 萬戶 萬室 百室 一室 十室（十室之邑） 一殿 一屋
一閣（阿房宮五步一樓十步一閣） 一檻 一座 一宇 萬宇 四壁
四座 萬雉 萬瓦 九陛 八陛 萬戶 百堵 六館

兩府 一市 數驛（杜風前數驛亭） 四牖
上平 千戶 雙闕 雙闥 三市 雙牖 孤館 孤寺 孤驛
千室 千雉
通用 ○推開掩上四十八 並虛 活
平 推開 掀開 敲開 挨開 衝開 粧成 修成 推來
上仄 創成 築成 架成 疊成 累成 砌成 做成 造成
闢成 鑿成 鑿開 打開 敞開 掃開 拆開 闢開
割開 剖開 製成
仄 掩上 閉上 捲上 鎖定 掩定 架起 聳起 架就
鎖就 造就 鎖却 掩却 閉却 捲却 捲去 掃去
造出 砌出 突出 創出 架作 創作 敞作 剖破
擘破 倚遍

【上平】推上　推出　粧出　關上　關却　掀起　粧就

○輕敲窓掩四十九　【上虛】死【下虛】活

【平】輕敲　輕推　輕掀　輕開　輕凭　頻開　頻登　頻關
頻敲　閑敲　忙敲　微開　新開　長開　宏開　常關
高登　低垂

【去】大開　半開　不開　不關　窓關　半關　半掀　半扃
半遮　窓遮　半推

【入】窓掩　半掩　自掩　窓閉　自閉　半捲　試捲　慢捲
窓鎖　淨掃　半敞

【上平】深閉　深瑣　空鎖　深掩　斜掩　低掩　頻掩　閑掩
閑倚　新築　新創　高捲　高聳　高築　低亞　低放
深入　頻鎖　斜倚

○高臨俯瞰五十　【上虛】死【下虛】活

【平】高臨　低臨　高連　傍連　傍依　斜依　傍通　深通

【去】下臨　俯臨　俯垂　仰依　遠連　近連　遠臨　繚廻

【入】俯瞰　下瞰　遠接　近接　上接　直聳

【上平】低瞰　斜瞰　橫接　傍引　傍映　高聳　高接　高架
高啄　高矗

○高卑曲直五十一　【並虛】死

【平】高卑　高低　縱橫　橫斜

【去】窓踈　整齊　短長　送迎橋

【入】曲直　小大　遠近　濶狹　啓閉　闔闢　出入

【上平】深淺　高下　踈窓　長短　新舊　橫直　夷峻　明暗
升降

○經營撲斲五十二

（平）經營　規㧌　推敲　雕鐫　安排　鋪排　鋪陳　鋪張

遮欄　遮圍　周廻　盤旋　棲遲　栟㮂

（去仄）作成　作興　落成

（仄）撲斲　斲削　布置　展布　架造　補葺　整頓　整理

塈飾　拂拭　洒掃　鎖鑰　倚徙　整葺

（上平）粧點　粧飾　雕斲　規畫　經理　居止　居處　遊息

並虛　活

○高明壯麗五十三

（平）高明　虛明　虛凉　虛閑　閎深　幽深　清幽　清虛

空凉（韓上小亭空凉）　堅高　玲瓏　崔嵬　崔峩　參差　逶迤

荒凉　荒蕪　層稜　縈廻　崢嶸　深沉

（去仄）靖夷　靚深　邃深　寂寞　短長

並虛　死

（仄）壯麗　美麗　雅麗　壯偉　爽塏　磊隗（韓隆樓傑閣磊隗高）　廣袤

螻𧑦　窄隘　側陋　僻陋　淺陋　寂寞　寂靜　古淡

洒落　靜悄　敞豁　曠濶　窈窕

（上平）佳麗（選江南佳麗地）　雄麗　宏麗　華麗　深靜　深邃　幽靜

幽勝　瀟洒　岑寂　高下　軒豁　高爽　清爽　雄偉

明淨　明亮　迢遞　繚繞　牢落　宏遠　高遠

並虛　死

○華哉麗矣五十四

（平）華哉　雄哉　巍乎　巍然　蕭然　猗歟

（去仄）燁然　奕然　偉哉　美哉　嚴哉　寂然　翼然

（仄）麗矣　峻矣　美矣　遠矣　煥若　爍若　卓耳

（上平）高矣　深矣　明矣　宏矣　沉矣

[illegible]

○潭潭奕奕五十五

並虛　死

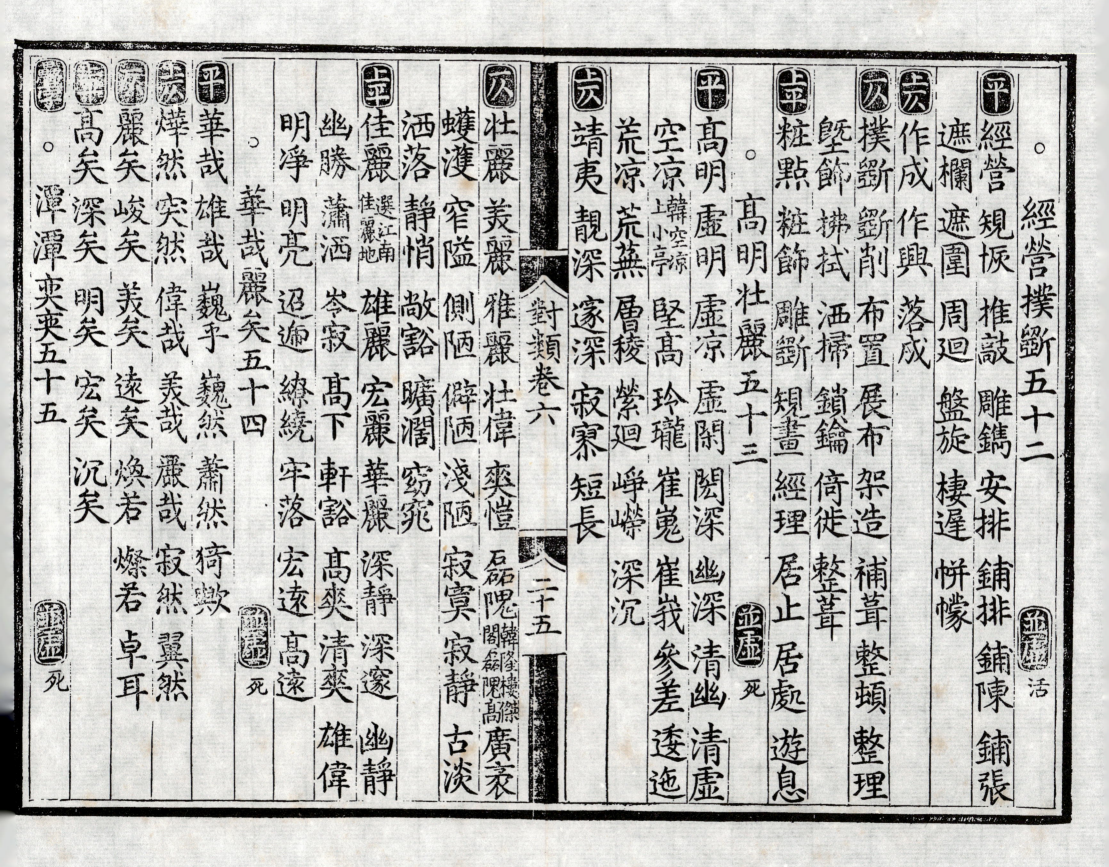

平 潭潭 沉沉 深深 巍巍 峩峩 高高 低低 陰陰
渠渠 鱗鱗 層層 疎疎 崔崔 迢迢 重重 差差
仄 奕奕 隱隱 楚楚 悄悄 簇簇 小小 寂寂 冉冉
曲曲 屹屹 疊疊 矗矗 落落 表表 鬱鬱 卓卓
蔚蔚

字 ○昭陽宫太極殿五十六

平 昭陽宫 建昌宫 太極宫 甘泉宫 未央宫 望夷宫
阿房宫 長樂宫 大明宫 承明盧 精思亭 清暑亭
仄 太極殿 景福殿 宣政殿 紫宸殿 披香殿 明光殿
太液池
華清殿 未央殿 長春殿 資政殿 集賢院 待漏院
觀文殿 石渠閣 天祿閣

○望月樓凌風閣五十七

平 望月樓 待月樓 摘星樓 乘風樓 承露臺 步雲橋
朝天橋 翫月樓 望雪牕 臨江亭 摘仙橋
仄 凌風閣 凌雲閣 臨江閣 乘風閣 書雲觀 凌霄觀
凌煙閣

○芍藥欄荼蘼架五十八

平 芍藥欄 沉香亭 萱草堂 牡丹亭
仄 荼蘼架 薔薇架 莓苔砌 蒲萄架

○鳳凰臺麒麟閣五十九

平 鳳凰臺 鳳凰樓 虎豹關 虎豹門 蝸牛廬 孔雀屏
杜鵑亭 燕子樓
仄 麒麟閣 鴛鴦殿 鳳凰殿 麒麟殿 鳳凰閣 鵁鶄觀

屬玉觀 鴛鴦瓦

○黃鶴樓烏衣巷六十

平 黃鶴樓 朱雀橋 碧鷄坊 白魚舟 丹鳳門

仄 烏衣巷 白虎觀 白虎閣 黃龍殿 紫燕廈 蒼龍觀

○黃金臺白玉殿六十一

平 黃金臺 白玉臺 白玉堂 白玉樓 白玉階 白玉欄

青瑣窗 白銀宮 水晶宮 碧紗廚

仄 白玉殿 黃金闕 黃金屋 黃金塢 青瑣闥

○玉龍樓金牛驛六十二

平 玉龍樓 金馬門 鐵甕城 銅雀臺 金谷亭

仄 金牛驛 金鑾殿 金鳳閣 金華殿 鐵鳳觀

○管絃樓燈火市六十三

平 管絃樓 笙歌樓 珠翠樓 詩禮庭 絲竹堂 弦歌堂

綺羅丘 翰墨場

仄 燈火市 簫鼓市 絃管陌 簞瓢巷

○賣酒家讀書閣六十四

平 賣酒家 讀書牕 讀書堂 賣酒壚 學詩庭 學禮庭

修禊亭 流觴亭 乞巧樓 望仙樓 讀書樓 藏書樓

聚船橋 避暑亭

仄 讀書閣 題書閣 儲書閣 藏經閣 鳴鑾閣 粧鏡閣

彈琴殿 垂釣檻

○富倉箱充府庫六十五

平 富倉箱 高門閭 闢户庭 奉庭闈 肅閨門 遠庖廚

宜丫家

仄 充府庫 傾帑藏 嚴界限 買田宅 定館舍 爲臺沼

平 ○庚亮樓滕王閣六十六

庚亮樓 孟嘗門 葛亮廬 孔子堂 仲宣樓 嚴陵臺
子雲亭 文君壚 宋宗忩 少陵堂 燕昭臺 楚王臺

仄 滕王閣 楊雄宅 楊雄閣 唐宗殿 虞舜殿 匡衡壁
孔子宅 顔回巷 孫敬戶 相如柱 鄭莊驛 孟子室

○君子堂神仙宅六十七

平 君子堂 宰相家 處士家 帝王州 醉翁亭 長者居
王人家 王者堂

仄 神仙宅 神仙窟 賢人閣 學士院 功臣閣 尚書省
節婦里 中軍帳

○八九家十萬戶六十八

平 八九家 三四家 兩三家 十萬家 十二樓 八九椽
百二關 千萬間 千萬鄰 十二欄 十二門

仄 十萬戶 三百寺 百萬宅 二千石

○百尺樓萬間厦六十九

平 百尺樓 九尺堂 九重門 九重城 九層臺 一層樓
五步樓 萬里橋 三尺墻 數仞墻 千仞墻 三尺堦
三重堦 百丈簷 百層城

仄 萬間厦 七層塔 十步閣 三間屋 數椽屋 百畝宅
四隩宅 九級陛 三家市 數間屋 百堵室 一區宅
五流宅

○細柳營長楊苑七十

平 細柳營 長楊宮 蒲萄宮 胡桃宮 柏梁臺 黃竹樓

花萼樓　百花亭

【仄】長楊苑　長楊館　長楊樹　細柳觀　上林苑　柏梁殿

○紫閣彤闈朱門白屋七十一

【平】紫閣彤闈　翠瓦朱甍　畫棟朱簾　黃閣紫扉　青瑣丹墀
紫陌朱門

【仄】朱門白屋　黃扉紫閣　雕闌玉砌　綺疏青瑣　青門紫陌

○金馬玉堂竹籬茅舍七十二

【平】金馬玉堂　金闕玉扃　玉殿金門　瓊苑金池　金戺玉階
玉宇瓊樓　綉戶香閨　甕牖繩樞　野店山橋　芸閣蘭臺

【仄】竹籬茅舍　金樓玉殿　琳宮梵宇　銀宮金闕　瓊宮琳館
銀牀金井　珠宮貝闕　金匱石室　玉樓金殿　瑤臺瓊室
蓽門圭竇　桑樞蓬戶　蘭臺薇省

○峻宇雕梁高梁大厦七十三

【平】峻宇雕梁　敗壁頹墻　高棟層軒　高城深池　廣厦細旃
高屋寒牕

【仄】高梁大厦　斜牕曲巷　明牕淨几　重門邃館　靈宮秘宇
前朝後市

○大禹卑宮宣王考室七十四

【平】大禹卑宮　大禹過門　文王爲臺　沛公入關　虞帝闢門
周武式閭　燕昭築臺　文帝罷臺　葛亮顧廬　賈誼升堂
魏勃掃門　泄柳閉門　于公高門

【仄】宣王考室　成帝輯檻　文帝設學　武王遵路　魯君刻桷
相如入室　司馬題柱　楊雄投閣　伏波立柱　孫敬閉戶

○鴈塔龍門螢窓雪案七十五

平 鴈塔龍門 鳳閣鸞臺 鳳閣龍樓
仄 螢窻雪案 龍池虎榜 龍墀螭陛 獸環鴛甃

○ 室俟門闌宮庭壇宇七十六

平 室俟門闌 柱石棟梁 欂櫨侏儒 榱桷棟梁
仄 宮庭壇宇 倉廩府庫 宮室棟宇 棖闑居楔 閨門堂陛
宮室苑囿 省臺寺監

○ 接棟連甍升堂入室七十七

平 接棟連甍 列屋華居 鳴鼓升堂 鑿井開渠 閉門造車
處宅定鄰 積倉裹囊
仄 升堂入室 升階納陛 辟樓下殿 求田問舍 過門入室
訪鄰尋里 趨門打戶 抽闌啓鑰 造閫入域 坐堂施帳

○ 宜室宜家肯堂肯構七十八

平 宜室宜家 有室有家 斯倉斯箱 買宅買鄰 如垣如墉
乃積乃倉 爲棟爲梁 曰校曰庠 爲比爲鄰 無樊無墻
仄 肯堂肯構 及階及席 爲杗爲楔 作梁作柱 美輪美奐
維屏維藩 倚門倚閭
媚奧媚竈 爰居爰處 同門同志 爲臺爲沼 宜家宜室
執斧執鋸 在門在路

○ 舞榭歌臺書堂道院七十九

平 舞榭歌臺 舞榭粧樓 道院僧堂 別館離宮
仄 書堂道院 歌臺舞殿 舞衫歌扇

對類卷之六

篆隸卷之六

篆隸卷六

三十